CB139338

O bebê do meu melhor amigo

BEATRIZ CORTES
RENATA R. CORRÊA

O bebê do meu melhor amigo

1ª Edição

Santa Catarina - 2022

Qualis

Copyright © 2022 Qualis Editora e Comércio de Livros Ltda

Todos os direitos reservados e protegidos.
Nenhuma parte desta obra poderá ser reproduzida ou transmitida sejam quais forem os meios empregados sem prévia anuência da editora.

Esta é uma obra de ficção. Nomes, personagens, lugares, datas e acontecimentos descritos são produto da imaginação da autora. Qualquer semelhança com a realidade é mera coincidência.

Editora Responsável	Simone Fraga
Produção Editorial	
Preparação de Texto	
Revisão Ortográfica	Raquel Barboza dos Santos Simone Fraga
Capa	One minute
Projeto Gráfico	Qualis Editora
Diagramação	Marcos Jundurian
Imagens Internas	Shutterstock

DADOS INTERNACIONAIS PARA CATALOGAÇÃO NA PUBLICAÇÃO (CIP)

C828o

Cortes, Beatriz - 1994 -
O bebê do meu melhor amigo / Beatriz Cortes, Renata R. Corrêa.
— [1. ed.] — Florianópolis, SC: Qualis Editora, 2020.
162 p. : il. ; 23 cm.

ISBN Impresso 978-65-87383-26-2
ISBN Digital 978-65-87383-29-3

1. Literatura Nacional 2. Romance Brasileiro 3. Drama 4. Ficção
I. Título

CDD – B869.3
CDU – 821.134.3(81)

1ª edição – 2022

Qualis

Qualis Editora e Comércio de Livros Ltda
Caixa Postal 6540
Florianópolis - Santa Catarina - SC -
Cep.88036-972

www.qualiseditora.com
www.facebook.com/qualiseditora
@qualiseditora
@qualiseditora
contato@qualiseditora.com

Capítulo 1

Mariana

De repente, trinta! Pensando na vida, encarei minha imagem refletida no espelho.

Apesar de extrovertida, nunca fui muito ligada em comemorar meu aniversário. Desde que saí de Campo Bom, no Rio Grande do Sul, para cursar Jornalismo e comunicação na USP, em São Paulo, todo ano era a mesma coisa. Meus pais me ligavam logo que eu acordava, como filha única, eles sempre me mimaram o máximo que puderam. Se a data caísse em dia de semana, eu saía para estudar ou trabalhar normalmente e, por mais que eu insistisse em não querer celebrar, Saulo, meu melhor amigo, sempre aparecia com um bolo. Chegamos a morar juntos nos primeiros anos de faculdade. Da mesma idade e amigos de infância, ele também passou no vestibular logo que terminamos o colegial, e, assim como eu, escolheu a renomada universidade da capital paulista, dentre outras em que fomos aprovados.

O interfone tocou, despertando-me do devaneio. Meneei a cabeça sorrindo, pois já sabia quem era.

— Feliz aniversário! — Saulo e a namorada disseram em coro, logo que abri a porta.

— Trouxemos bolo, pizza e tequila. — Lia mostrou com entusiasmo a garrafa.

— Entrem. — Peguei uma das embalagens para os ajudar e deixei que passassem à minha frente.

— Como foi seu dia? — Meu amigo quis saber, depois de colocarmos as coisas sobre a mesa e de me abraçarem.

— Normal. — Dei de ombros. — E o de vocês?

— Passei estudando — Lia contou. — Aquele concurso que eu vou prestar está chegando e não posso perder tempo.

Fomos colegas de faculdade. Por meu intermédio, ela conheceu Saulo e, há quase três anos, começaram a namorar. Ele se formou em Ciência da Computação. Apesar de lindo, alto, forte, loiro de olhos verdes, meu amigo *para lá de nerd* sempre foi meio introvertido, nem se dava conta de como chamava a atenção da mulherada no campus.

— E você, o que fez hoje? — questionei-o.

— Li, assisti a alguns episódios das minhas séries preferidas, joguei videogame, enfim, nada de mais.

— Sentem. — Apontei as cadeiras, enquanto fui até o armário da cozinha pegar pratos e copos.

— Deixa que te ajudo com isso — ele ofereceu.

— Como andam as coisas com seu *peguete* do aplicativo de namoro? — Lia não perdeu a oportunidade de implicar comigo. — Não vai sair com o carinha hoje?

Mostrei a língua para ela, de forma bem infantil, e notei que Saulo me observava atento.

— Ele está viajando, e por mais que você não acredite que relacionamentos que começam assim possam dar certo, Inácio tem se mostrado um homem maravilhoso. É educado, gentil e romântico.

— Ui! Pelo visto o negão te pegou de jeito, hein? Será que ele é mesmo diferente dos trastes que costuma arranjar? — zombou, deixando-me irritada.

— Não gosto que o chame assim, nem que fale comigo dessa maneira — adverti com o semblante fechado.

Eu tinha mesmo um *dedo podre* para escolher homens, mas não deixaria que ela tripudiasse em cima de mim. Desde que começou a namorar meu amigo, ela não perdia a oportunidade de me alfinetar. Parecia até outra pessoa.

— Ei, meninas, vamos mudar de assunto e deixar de briga, ok? — Saulo tentou apaziguar. — Falou com seus pais hoje?

— Sim. Eles me ligaram logo que acordei. Já estou com saudades da nossa terrinha.

— Eu também!

— Faz tempo que vocês não vão para o sul. Poderíamos viajar os três para lá em algum feriado, o que acham? Até eu já estou com vontade de rever meus sogrinhos e provar das delícias da culinária gaúcha — Lia se manifestou, empolgada.

— Seria ótimo — respondi, ainda um pouco chateada com ela, e Saulo concordou.

Depois de cada um devorar dois pedaços de pizza e de tomarmos alguns *shots* de tequila, meus amigos cantaram *parabéns* para mim. Antes de apagar a vela, de olhos fechados, fiz um pedido especial.

Que eu conheça o amor verdadeiro e possa viver um relacionamento bom e duradouro. Amém!

Soprei a pequena chama e fui aclamada por palmas. Parti o bolo e nos servi.

— Bem, meninos, foi maravilhoso estar com vocês, mas preciso ir embora. Já bebi além do que devia e quero estudar mais um pouco antes de dormir. — Lia se despediu do namorado com um beijo discreto nos lábios e me abraçou mais uma vez. Os dois pareciam meio esquisitos um com o outro.

Acompanhei-a até a porta.

— Desculpa ter falado daquela forma mais cedo. — Segurou minhas mãos entre as dela. — Desejo mesmo que Inácio seja um cara bacana e que te faça feliz. Você é uma mulher linda por dentro e por fora, uma amiga incrível e merece isso.

— Está tudo bem. — Fui sincera. Não gostava de guardar mágoas. — Bons estudos.

Ela assentiu e saiu.

Quando retornei para a sala, Saulo serviu mais duas doses de tequila e me entregou um dos copinhos, erguendo o outro em minha direção.

— Vamos brindar ao quê? — perguntei, divertida.

— À aniversariante do dia, é claro, e à amizade.

Tilintamos contentes.

— Topa assistir a um filme das antigas? — propus.

— Será um prazer! — Envolveu um braço sobre meus ombros. Pegamos a garrafa de tequila e sentamos no sofá.

Durante o filme, volta e meia eu observava meu amigo, ele estava meio aéreo, como se não estivesse prestando atenção ao que passava na TV, mas remoendo algo dentro de si.

— Ei, o que foi? — Pousei minha mão sobre a dele quando os créditos começaram a subir na tela. — Está longe... Aconteceu alguma coisa?

— Por que a vida, às vezes, é tão complicada, né? — Encarou-me por um longo instante, depois encheu nossos copinhos com mais uma dose de bebida, que viramos de uma vez.

Minha cabeça já estava zonza pelo efeito do álcool.

— Do que você está falando exatamente? — Tentando compreendê-lo e fundir em uma as duas imagens dele que se formaram em minha frente, estreitei as pálpebras.

— Estou com a Lia há quase três anos. Era para já querermos dar o próximo passo, no entanto, estamos cada dia mais desconectados.

— Talvez, só precisem conversar. — Acariciei o rosto dele.

— A relação esfriou e não sei se dá para consertar com palavras.

— Não gosto de te ver para baixo assim. — Levantei e estendi a mão para ele. — Venha! Vou colocar uma música para dançarmos, vai te animar.

— Ah, não... — tentou relutar. — Sabe que não sou bom com essas coisas, vou é acabar pisando no seu pé.

— Desde que isso coloque um sorriso nessa cara linda, eu não me importo.

Ele, erguendo de leve os cantinhos dos lábios, rendeu-se.

Viramos outra dose de tequila e peguei o celular abandonado no sofá. Com certa dificuldade para enxergar, e uma lentidão exagerada nos movimentos, o que eu estava achando muito engraçado, abri o aplicativo de *streaming*, escolhendo uma *playlist* qualquer, não estava em condições de raciocinar direito.

A primeira música a tocar foi *My only one (No hay nadie más)* de Sebatián Yatra e Isabela Merced. Eu conhecia e curtia demais aquela canção.

Enlacei meus braços ao redor do pescoço de Saulo e ele segurou em minha cintura. Começamos a nos movimentar ao ritmo da melodia suave. O cheiro másculo e amadeirado de seu perfume me inebriou.

— Vai ficar tudo bem — sussurrei em seu ouvido escutando aquele belo refrão.

Promise I'll stay here 'till the morning
(Prometo que ficarei aqui até de manhã)

And pick you up when you're falling
(E te pegarei quando você estiver caindo)

When the rain gets rough
(Quando a chuva ficar forte)

When you've had enough
(Quando você já estiver cansada)

I'll just sweep you off your feet and fix you with my love
(Eu te levantarei do chão e te consertarei com o meu amor)

My only one
(A única pra mim)

Leve, embriagada e contente por ter meu amigo ali comigo, só desejei que o momento não acabasse. Saulo era muito especial. Sempre fazia de tudo para me deixar feliz. Não gostava de vê-lo desanimado. Não sabia ao certo o que estava passando entre ele e Lia, mas ela era uma tola de não valorizar um cara como ele. Será que o sentimento que os unia tinha acabado? Será que algum dia nós três teremos mesmo sorte no amor?

Suspirei fundo e o puxei para mais perto, acomodando minha cabeça na curva de seu pescoço, demonstrando meu afeto, como se assim pudesse protegê-lo. Ou será que era eu quem queria se sentir cuidada?

Capítulo 2

Saulo

Senti o cheiro único e familiar dos cabelos loiros de Mariana quando a envolvi em meus braços. Ela era meu par oficial desde criança, pois dançamos juntos em todos os eventos que eu era capaz de lembrar. Formatura da escola, da faculdade, festa de vinte anos de união dos meus pais, os diversos casamentos em que fomos padrinhos em nossa cidade natal. Enfim, era raro alguém me chamar para algo sem que ela estivesse presente. Sempre foi assim. Apesar de eu nunca ter sido o tipo de pessoa que saía por aí mostrando as caras e, muito menos, minha capacidade de mover as pernas sem tropeçar durante uma música, era difícil conter Mariana e toda a sua empolgação. Teria que aprender na marra, se quisesse acompanhá-la.

E sempre quis.

Enquanto uma música desconhecida tocava em nossos ouvidos, a letra fazia total sentido na minha cabeça.

Deve ser as doses de tequila, só pode. Pensei.

Minhas mãos tocavam a cintura nua da minha melhor amiga e faziam uma corrente elétrica subir por todo o meu corpo. Nunca fui muito de abraços e demonstrações de afeto, mas isso sempre foi simples com ela, fácil. Adorava quando, na época da escola, Mariana corria e pulava em minhas costas sem eu saber, levando-nos a momentos que facilmente virariam memes na internet nos dias atuais. Tudo com ela sempre foi leve, e isso nos aproximou. De pesado, já bastava o clima de cobrança em minha casa.

— Quem foi que te ensinou a dançar tão bem assim, hein? — Minha amiga interrompeu meus pensamentos.

Afastou-se um pouco do meu corpo, colocando suas mãos em volta do meu pescoço.

— Uma garota aí. Você sabe, sou um cara de muitas... — zombei, sabendo que ela faria aquela cara debochada, de sorriso fácil, que me divertia tanto.

— Meu Deus, eu criei um monstro. Dançando desse jeito, vai ser difícil segurar a enxurrada de mulheres atrás de você.

Puxei-a pelo braço, girando-a, como em um passo de dança. O que não deu muito certo, pois a tequila fez a casa rodar demais em nossas cabeças. Gargalhamos ao voltar para os braços um do outro, tentando outra vez acompanhar o ritmo da música.

Percebi, ao encará-la outra vez, que seus olhos azuis se escureceram. Uma expressão séria invadiu seu rosto quando ela deslizou uma de suas mãos em meus cabelos e, depois, em meu rosto, parando no queixo. Não sei o que aconteceu comigo, se foi a tequila ou todo aquele clima, porém, enquanto seu toque percorria minha face, algo dentro de mim parecia esquentar.

— Obrigada por hoje — falou, com a voz soando um pouco mais rouca e lenta do que o normal.

— Jamais te deixaria sozinha neste dia, você sabe. — Apertei-a ainda mais contra mim.

— Você poderia ter ido embora com a Lia, se quisesse.

— Eu não queria ir com ela. Você tem prioridade na minha lista. — Pisquei um dos olhos para Mariana, que abandonou a seriedade e sorriu.

— Então... — Ela me empurrou, jogando-me no sofá e caindo ao meu lado. — Mais uma dose.

Viramos outra vez a bebida quente e gargalhamos de nossas caretas. Mari levantou para colocar os copos na mesa e se desequilibrou, caindo deitada sobre mim. A risada frouxa continuava enquanto a observava apoiada com o queixo em meu peito. Sempre a achei linda, muitas vezes, pensei que estava ficando louco quando parecia sentir algo mais por ela. E, apesar de saber que toda a confusão de sentimentos ficou lá na adolescência, seu corpo colado ao meu não estava amenizando minha bagunça química. Afinal, era seu melhor amigo, mas também um homem.

Um homem que ficou extremamente excitado com toda aquela proximidade.

— Tenho uma coisa p-para t-te falar... — sua voz saiu trêmula, seu hálito muito perto do meu rosto.

— Pode dizer — falei, pouco lúcido, usando o resto da sanidade para não demonstrar o que estava acontecendo dentro da minha cabeça. E da minha calça.

— Você. — Ela apontou o dedo para o meu peito. — É a pessoa mais especial que eu já conheci.

Então, não sei direito o que aconteceu depois daquilo. Não sei se foi a forma como Mariana segurou meu rosto, sua boca perto demais da minha ou o jeito como friccionou seu corpo contra o meu. Não seria capaz de explicar como tomei coragem para beijar sua boca daquele jeito, e nem a surpresa em meu semblante quando ela correspondeu, subindo em mim.

Mariana entrelaçou suas pernas em minha cintura, sem afastar nossos lábios. Era como se aquele momento fosse esperado por nós dois, por anos. Como se tivéssemos chegado ao topo de uma montanha que escalamos por tanto tempo. Era perfeito. Sem perceber, com todo o álcool que reverberava em meu cérebro, e sem a menor coordenação motora depois de tanta tequila, chegamos ao seu quarto, onde dormi tantas e tantas noites ao seu lado.

Todavia, tudo seria diferente daquela vez. E percebi isso quando ela se despiu por completo na minha frente, não deixando nenhuma dúvida, pelo menos naquele instante, do que ambos queríamos muito fazer.

Minha cabeça girou quando tentei abrir os olhos. Um gosto amargo, como fel, preencheu minha boca e revirei na cama, incomodado. Minha perna esbarrou em algo e observei de soslaio, será que Lia ainda estava dormindo?

Lia.

Não. Ela não era a dona dos cabelos loiros esparramados no travesseiro e, definitivamente, aquele quarto não era o meu. Sentei, de supetão, e tomei consciência aos poucos do que acontecera. Por que eu estava de cueca na cama da minha melhor amiga?

Ah, não!

Isso não pode ser verdade...

Mariana ressonava profundo enrolada em seu lençol. Eu não acreditava que fizera aquilo. Foi com choque que me dei conta de que transei com a minha melhor amiga. Então, as lembranças da noite anterior começaram a jorrar em minha cabeça, nós dois dançando em sua sala, as diversas doses de tequila que bebemos, seu sorriso próximo demais da minha boca...

Meu Deus, eu a beijei. Estraguei tudo.

Levantei devagar, para não acordá-la. Não queria ter que encarar seu rosto decepcionado e, muito menos, tentar dar algum tipo de explicação para o que acabara de ocorrer. Para falar a verdade, nem sabia se tinha aquela resposta. Peguei minha calça jeans e a vesti em segundos, assim como a camisa e as meias. Não encontrei os tênis e imaginei que ainda estivessem na sala.

Parecendo um fugitivo da polícia, esgueirei-me pelo quarto em direção à porta, tentando fazer o menor barulho possível sobre os tacos de madeira do apartamento.

— Saulo... Saulo? — sua voz interrompeu meus passos.

Observei Mariana sentar, o lençol escorregou em seu corpo e deixou à mostra os seios. Virei meu rosto de imediato, mas os *flashes* do seu corpo deslizando sobre o meu na noite anterior me invadiam sem permissão.

— Mari... você... — Apontei, nervoso. *Que droga eu estava pensando quando vim parar aqui?*

Acho que só então a ficha dela caiu. Sua boca se abriu, pasma, e os olhos estatelaram. Recurvei as sobrancelhas, como um pedido de desculpas silencioso. Não fazia a menor ideia do que ela estava pensando, só não poderia perdê-la. Só isso.

— Você estava indo embora sem falar comigo? — perguntou, com a voz tão fraca quanto minhas pernas no momento.

— Ia pegar meus tênis — menti.

— Saulo, o que você... o que a gente... como...

— Mari, olha, acho que bebemos muito na noite passada. Vamos esquecer isso, ok? Deixa pra lá — pedi, sem muita confiança. Era de praxe eu me sentir nervoso na frente das mulheres e, naquele estado, parecia pior ainda.

— Como eu vou deixar... deixar... isso... — Ela apontou para nós dois. — Como vou deixar isso pra lá, Saulo? Diga-me? — indagou, irritada.

— Eu não sei. Desculpa, Mari. Perdoa-me, por favor.

Um silêncio permeou no cômodo que antes fora sinônimo de tantas risadas e que, na noite anterior, foi cúmplice da impulsividade de algo que, pelo visto, ambos gostaríamos de esquecer. Porém, eu não era trouxa para acreditar que ia ser tão fácil assim. Mariana e eu ultrapassamos um limite que nunca havíamos cogitado antes, pelo menos não em sã consciência, não adultos, responsáveis por nossas escolhas e atitudes.

— Vai embora — ela pediu, e ouvi-la falar daquela forma, sem me encarar, quebrou algo dentro de mim.

— O quê?

— Vai embora daqui. Agora.

Podia ver nos olhos da minha amiga que a decepcionei. Podia sentir o arrependimento no tom da sua voz. Onde eu estava com a cabeça quando fiz aquilo? Onde estávamos? Como foi acontecer depois de todos aqueles anos? Como deixei me vencer daquela forma? Eu amava Mariana, não sabia o que era viver sem sua companhia, sem sua amizade. Será que seríamos capazes de enfrentar a situação? Ou o limite que ultrapassamos criaria uma barreira tão sólida a ponto de nos machucar para sempre e nos afastar?

Calcei meu tênis e atravessei a porta da sala, indo em direção ao elevador, com um peso que nunca achei que fosse carregar. Pelo visto, eu era especialista em desapontar as pessoas.

Capítulo 3

Mariana

Os dias passaram, e, mesmo tentando enfiar a cara no trabalho, na rede de TV em que eu era uma das responsáveis pela produção de um telejornal, volta e meia recordava o que aconteceu entre mim e Saulo.

Meu amigo tentou me ligar, mandou várias mensagens pedindo perdão, porém, não atendi, respondi ou retornei. Já era sexta-feira, mas ainda não queria falar com ele, confusa com tudo aquilo. Os *flashes* com lembranças daquela noite insistiam em me atormentar. Estávamos bêbados, todavia, apesar de muito errado, foi natural, perfeito. E aquela constatação me afligia.

Eu sempre o achei lindo, o cara mais bacana que já conheci, o melhor amigo do mundo, no entanto, jamais imaginei me envolver romanticamente com ele. E para ferrar com tudo, aquilo aconteceu bem quando eu encontrei um homem interessante. Traí Inácio. Traímos Lia. Não foi nada planejado, mas aconteceu.

Que merda fizemos, meu Deus? Fechei as pálpebras, apertando o dorso do nariz, próximo aos olhos, e suspirei fundo, derrotada.

— Está tudo bem, chefa? — a voz afeminada de Lucas, meu assistente, tirou-me do devaneio.

— Sim, querido, obrigada pela preocupação. Só estou com uma dorzinha de cabeça chata — menti, para desviar o real motivo do meu tormento.

— Quer que eu providencie um analgésico?

— Não precisa, tenho na bolsa. Daqui a pouco eu tomo.

Ele assentiu e continuou conferindo os microfones.

Ainda bem que a manhã foi cheia, mantendo-me ocupada demais para ficar remoendo o acontecido.

Durante minha pausa para o almoço, Inácio me ligou. Tentando ignorar a angústia que apertava meu peito, atendi.

— Oi! Tudo bem por aí?

— Tudo sim, princesa, tirando a saudade, é claro.

Remexi na cadeira, inquieta, culpada.

— Chega quando?

— Saio daqui hoje à noite, chegarei de madrugada. Portanto, queria te convidar para tomarmos café da manhã juntos. Aceita?

— Claro. Será um prazer.

— Chefa, estão te chamando na redação. — Lucas entrou, esbaforido, e parou ao lado de minha mesa.

— Já estou indo — respondi a ele, antes de voltar a falar com Inácio.

— Desculpe, preciso desligar.

— Tudo bem. Já estava encerrando meu momento de folga, tenho uma reunião que começa daqui a pouco. Nos vemos amanhã, então? Posso passar para te buscar às 9h?

— Pode sim. Combinadíssimo! Boa reunião para você e boa viagem de volta.

Despedimo-nos e levantei, retornando ao trabalho.

Depois de mais um dia puxado, cheguei em casa exausta, tomei um banho, comi qualquer coisa e me atirei na cama.

Antes de dormir, ao conferir o celular, vi mais uma mensagem de Saulo.

> Não acredito que vai continuar me ignorando. Erramos, mas não mudou o que sinto por você, Mari. É minha melhor amiga e não quero perder isso. Por favor, me perdoe. Vamos esquecer o que aconteceu, está bem? Por favor, responda, ligue, aceito até ser xingado, só não me afaste assim da sua vida.

Ao ler suas palavras carregadas de dor e desespero, exatamente como eu me sentia, comecei a rir a e a chorar ao mesmo tempo. Sempre enfrentamos tudo juntos. Precisávamos lidar com aquilo, eu também não queria perdê-lo.

Desculpa ter te ignorado a semana toda. Fiquei me martirizando com o que aconteceu. Não é fácil enfrentar as merdas que fazemos, não é mesmo? Não sou uma pessoa leviana, traidora, mesmo tendo agido como tal. Não quero me transformar em alguém que eu desprezo. Me perdoa também. Nos deixamos levar pelo momento, pela embriaguez. Fomos inconsequentes, mas estou disposta a esquecer, apagar o que aconteceu da minha mente. Você é meu melhor amigo. Não vamos estragar isso.

Senti-me mais leve ao enviar a mensagem.

Cena deletada com sucesso. É muito bom tê-la de volta.

Apertei o aparelho contra o peito e, mais tranquila, adormeci sem demora.

Acordei bem-disposta na manhã seguinte. Ansiosa para rever Inácio. Coloquei um vestido estampado que ia quase até a altura dos joelhos, levemente rodado, deixei o cabelo solto e fiz uma maquiagem discreta.

Assim que acabei de me perfumar, o interfone tocou. Apressei-me para atender, era ele. Fiquei contente com a pontualidade, o que era raro acontecer, pelo menos com os últimos caras que relacionei. Peguei a bolsa e saí.

— Como está linda! — elogiou, assim que me viu.

Depois de me observar de cima a baixo mais uma vez, aproximou e me envolveu em seus braços.

— Senti muito a sua falta — sussurrou ao meu ouvido, aquecendo meu corpo.

— Eu também. — Depositei um beijo suave em seus lábios. — Aonde vamos?

— Por enquanto é surpresa. — Entrelaçou nossos dedos e caminhamos assim até seu carro. O dia estava bonito, ensolarado, mas com uma brisa fresca soprando nossos rostos.

Cavalheiro, abriu a porta para que eu entrasse, depois de fechá-la, deu a volta no veículo para ocupar o banco do motorista.

— Fez boa viagem? — perguntei, olhando-o de lado, admirando sua beleza.

Inácio era negro, alto, forte e tinha uma postura elegante. O tipo de homem que não passava despercebido.

— Sim. O voo foi tranquilo, sem atrasos ou turbulências.

— Deve estar cansado.

— Estou mesmo, mas a vontade de te reencontrar foi maior.

Sorri, satisfeita com a resposta.

— Galanteador!

— Fui sincero. — Colocou a mão sobre meu joelho.

Estávamos saindo há três semanas, no entanto ainda não tínhamos falado em namoro, nem tido nenhum momento de maior intimidade. Inácio não era mais nenhum garoto. Tinha trinta e cinco anos, era determinado, bem-sucedido. Eu sabia que não demoraria, ele desejaria mais de nós dois. Antes do que aconteceu entre mim e Saulo, eu até ansiava para que o momento de me entregar chegasse, contudo, depois do ocorrido, estava um pouco apavorada com a ideia, querendo ir mais devagar. Como se assim eu tivesse tempo de me livrar da culpa de tê-lo traído.

Ele ligou o som baixinho e uma música instrumental começou a tocar.

Perguntei sobre a semana dele, se foi produtiva, e me contou que visitou clientes importantes da Pactual e conseguiu convencê-los a melhorarem a carteira de investimentos na empresa. Fiquei feliz por ter conseguido seu intento com a viagem. Depois seguimos conversando trivialidades.

De repente, estacionou em frente a uma confeitaria muito especial para mim.

— Não acredito que me trouxe aqui! — Levei as mãos ao rosto, surpresa e emocionada.

— Na primeira vez que nos vimos, você me contou que essa era a única confeitaria em São Paulo que servem uma torta de maçã com creme de nata idêntica àquela que fazem na sua terra natal.

— Que lindo, você não esqueceu. — Encarei-o, embasbacada.

— Eu seria capaz de repetir cada uma de nossas conversas. Tudo em você me encanta e interessa, Mariana.

— Uau! Assim me deixa sem palavras.

Ele me puxou para um beijo apaixonado, que correspondi com a mesma intensidade.

Descemos de mãos dadas e a *hostess* nos recebeu. Fiquei ainda mais impressionada por ele ter reservado uma mesa para nós.

Sentamos e fizemos nossos pedidos. Quando o garçom retornou, um sorriso enorme se escancarou em meu rosto, ao ver uma velinha sobre o quitute tradicional gaúcho, receita alemã.

— Você não existe! Muito obrigada, viu?

— Isso não é nada perto do que merece.

Fechei os olhos e, antes de apagar a pequena chama, refiz o pedido do dia do meu aniversário.

Seria Inácio o cara certo? Aquele que me faria conhecer o amor verdadeiro?

Tomamos o desjejum conversando sobre coisas de nossa infância. Era muito gostoso conhecê-lo melhor, saber um pouco mais de sua vida a cada encontro.

De lá fomos para o parque Ibirapuera.

— Quer visitar o MAM? — perguntou logo que chegamos.

— Quero sim. Por mais que goste de vir aqui, faz tempo que não entro no museu.

Seguimos até o local, onde passamos cerca de uma hora admirando pinturas e obras de arte. Muito culto, Inácio parecia se sentir em seu *habitat* natural. Eu gostava de ouvir suas explicações apaixonadas.

Depois, passeamos pela área verde, sentamos no gramado e tomamos uma água de coco, observando o ir e vir das pessoas.

— O que você mais gosta de fazer quando está de folga? — ele quis saber.

— De dormir, eu acho. — Fiz careta, brincalhona, e Inácio riu.

— Então quer dizer que é uma dorminhoca?

— É que trabalho tanto durante a semana que, quando posso, realmente quero mais é ficar atirada na cama, comendo besteira, maratonando séries e dormindo, de fato.

— Imagino que deva ser mesmo puxado ser a responsável pela produção de um telejornal.

— Sim. Muito! Preciso me preocupar com pautas diárias de relevância, alternar notícias políticas e culturais, averiguar denúncias que recebemos, fazer de tudo para manter o telespectador conectado, sem que sequer pense em trocar de canal. Sou muito cobrada. Tento dar meu melhor, só que mentiria se dissesse que isso não me desgasta.

— Sei bem como se sente, passo por situação semelhante, mesmo trabalhando com algo tão diferente. Lá na empresa, propomos aos clientes investimentos seguros, mas também outros de alto risco, que, na verdade, são os mais rentáveis. Às vezes, sinto-me dentro de uma panela de pressão. Qualquer erro pode significar a perda de milhões.

— Deve conhecer muita gente rica. Aliás, seu jeito me faz imaginar que tenha vindo de uma família abastada.

— Que nada! — Negou com a cabeça e respirou fundo. — Meus pais foram funcionários do fundador da empresa em que eu trabalho. Minha mãe era a cozinheira da mansão e meu pai um dos motoristas. Trabalharam a vida toda lá. Eu tive sorte de o patrão ser uma boa pessoa e ter se afeiçoado à minha família. Ele pagou meus estudos na mesma escola de seus filhos, com os quais convivi muito. Curioso, queria aprender o máximo que eu conseguia sobre tudo. Quando terminei o colegial, ele me ofereceu um emprego de menor aprendiz na Pactual. Na época, não existia o ENEM ainda, mas consegui passar no primeiro vestibular que prestei na USP. Aos poucos, fui subindo dentro da empresa, até chegar onde estou hoje.

— Que história incrível de superação, determinação. Cada dia que passa, eu te admiro mais.

Ele deu um sorriso discreto e acariciou meu rosto, beijando-me a boca em seguida.

Quando nossos lábios se afastaram, Inácio retirou um pequeno embrulho do bolso e me entregou.

— O que é isso? — questionei, curiosa.

— Um presente de aniversário. Espero que goste.

— Assim você me deixa sem graça. Não precisava se preocupar em me dar nada.

— É só uma lembrança, fica tranquila.

Meneei a cabeça contente e abri. Era uma pulseira de prata com um pingente em formato de pombo com uma pedrinha de safira.

— Que lindo! Obrigada.

— Escolhi esse pingente, porque tem um significado de paz e liberdade. É assim que me sinto ao seu lado. Você me acalma e sei que posso ser eu mesmo, pois sei que não vai me julgar. E a safira é em homenagem a cor dos seus olhos, belos, por sinal.

— Eu não mereço... — balbuciei, atormentada.

O gesto foi lindo, porém, enquanto ele estava pensando no que fazer para me agradar e surpreender, eu transava enlouquecidamente com meu melhor amigo. Tentei apagar aquela noite das lembranças, como prometi a Saulo, mas ainda era muito difícil me livrar do sentimento de culpa. Queria ser a mulher que Inácio enxergava. Mas será que eu era?

Capítulo 4

Saulo

Enquanto seguia até o apartamento de Lia para um jantar que ela insistira em fazer para nós dois, não conseguia afastar da minha mente a lembrança da noite com Mariana. Fazia duas semanas que não nos víamos, desde aquele dia fatídico, e, por mais que tenhamos trocado mensagens e uma paz tenha sido superficialmente selada, um nó havia se formado em minha garganta. Será que voltaríamos a ser como antes?

Quando estacionei na garagem, precisei respirar fundo mais de uma vez antes de implantar uma expressão empolgada no rosto e seguir até o andar de Lia. Não queria magoá-la, isso estava longe de mim, mas era impossível negar o quanto, no fundo, tinha gostado das maluquices cometidas naquela noite. Balancei a cabeça antes de abrir a porta, precisava esquecer aquelas cenas pelo menos durante o tempo que passaria ali.

Minha namorada me recebeu com um sorriso e seus cabelos presos em um rabo de cavalo. Estava de avental e o cheiro de peixe alcançou meu olfato antes mesmo que eu pudesse entrar.

— Estamos comemorando alguma coisa? — perguntei, com medo de ter esquecido alguma data especial, algo que era raro, já que sempre tive o hábito de colocar tudo no calendário do celular.

Trabalhar com computação sempre facilitava minha vida e memória.

— Nós dois, amor. Estamos comemorando nós dois.

Ela estalou um beijo rápido em minha boca e voltou para a cozinha, que era separada da sala apenas por um balcão de mármore. Joguei minhas chaves e carteira na mesinha de centro e fui até ela.

— Precisa de ajuda?

— Por enquanto, só para abrir o vinho.

Peguei a garrafa e fiz o que ela pediu, servindo duas taças. Vinho e peixe em plena quinta-feira? Era óbvio que ela estava querendo algo. Lia jamais iria interromper uma noite de estudos à toa. Para falar a verdade, nem lembrava mais quando fora a última vez que transamos, porque eu raramente dormia na casa dela ou ela na minha. Achava que o jantar era para isso. Sexo.

Sentei no sofá enquanto esperava ela terminar. O cheiro estava realmente abrindo meu apetite e tentei dar uma chance para o que queria, ignorando a cada segundo pensamentos intrusivos como Mariana nua em cima de mim, ou na facilidade em que nossas bocas se entretinham naquela noite.

— Está tudo bem? Você está quieto, estranho. — Interrompeu minhas divagações eróticas, assustando-me.

— Eu sou quieto, amor. Você sabe.

— É, mas está mais do que o normal. Aconteceu algo no trabalho? — Ela colocou os pratos na mesa e fez sinal para que eu pudesse a acompanhar, o que fiz de imediato.

— Muito trabalho, na verdade. As cobranças de produtividade têm aumentado.

— Já falei para você pedir um estagiário, ajudaria bastante.

— Eu sei, só que eles não querem aumentar os gastos, a crise financeira não está favorecendo novas contratações.

Conversamos sobre amenidades e jantamos como dois namorados de longa data, em que o silêncio já não era mais tão constrangedor. Fazia tanto tempo que estava com Lia que era quase como se soubesse tudo sobre ela. Sabia que quando programava encontros como aquele era porque queria alguma coisa ou precisava contar algo importante. A última vez que organizou um jantar foi para iniciar um assunto no qual ainda não tínhamos chegado em um consenso: morarmos juntos.

Não que eu não quisesse dividir a vida com ela, principalmente depois de tanto tempo de relacionamento, mas gostava de ter meu espaço sozinho, de chegar em casa e decidir se queria falar com alguém ou não. Como meu irmão sempre dizia, eu gostava de ficar no meu próprio mundo, e só quem tinha capacidade de quebrar isso era Mariana.

Mariana.

Minha mente divagou outra vez para aquele lugar perigoso.

Como fui deixar aquilo acontecer? Como vou esquecer depois de desejar tanto?

Terminei o jantar com a sensação de que estava administrando um cansativo cabo de guerra na minha cabeça, no qual, de um lado estava o assunto que Lia tagarelava e, do outro, minha melhor amiga sem roupa.

Depois que lavamos todas as louças, sentamos no sofá e uma *playlist* romântica preenchia o ambiente. Ela pensara em tudo, sabia bem disso.

— Nós nunca mais falamos sobre você passar um tempo aqui, posso te ajudar, já que estou estudando de casa e meu horário de trabalho é mais flexível — ela soltou. Sabia que estava esperando o momento certo para iniciar algum assunto pesado.

— Lia, sabe que nem você e nem eu temos tempo suficiente para ajudar um ao outro — afirmei, tentando parecer seguro.

— Podemos então usar nossa falta de tempo juntos. — Sorriu, esboçando uma expressão empolgada, o que me fez ficar triste.

Eu não queria decepcioná-la; e me sentia um cafajeste por estar ali, evitando sexo com ela, usando a desculpa de falta de tempo, sendo que há duas semanas eu estava na cama da minha melhor amiga.

Para piorar a situação, a música que dancei com Mariana começou a tocar, trazendo uma enxurrada de lembranças.

— Olha, Lia, eu queria muito que fosse diferente, porém preciso esperar minhas coisas no trabalho, ver como vai ficar minha vida lá. Só depois disso vou poder tomar alguma decisão importante. Agora não é a hora.

Mas é a hora para transar com sua melhor amiga, Saulo. Essa foi uma grande, estúpida e deliciosa decisão. Pensei, culpando-me ainda mais.

Lia parou por um segundo e sentou em meu colo, beijando minha boca com avidez.

— Desculpa, amor. Só sugeri isso porque não gosto de te ver cansado assim. Queria poder ajudar.

A culpa socou meu rosto. Não sabia mais o que poderia falar para ela sem me sentir um merda.

— Você fez um ótimo jantar, ajudou bastante — brinquei e ela me beijou outra vez, em resposta.

A música continuava me perturbando a mente e Lia começara a abrir os botões da minha blusa. Cada vez que me tocava, era o toque de Mariana que eu sentia. Enquanto seus lábios devoravam os meus, eu só conseguia pensar na expressão eufórica e excitante da minha melhor amiga sorrindo em cima de mim. Eu seria um idiota ainda maior se transasse com Lia pensando nela. Não podia continuar com aquilo. Não podia traí-la duas vezes.

Afastei-a da forma mais delicada que consegui. Seu rosto demonstrava uma frustração completa.

— Amor, hoje não dá. Preciso ir para casa dormir.

Peguei minhas coisas, despedi-me da minha namorada e dirigi em direção ao meu apartamento o mais rápido que pude, pensando em como gostaria de estar indo para outro lugar.

Depois de mais um dia de trabalho, peguei meu carro e fui direto até o restaurante mexicano preferido de Mariana, na Rua Augusta. Estava decidido a comprar seus tacos prediletos e encontrá-la para tentar tirar da cabeça todas aquelas imagens obscenas que insistiam em permanecer. Talvez, se tivéssemos mais uma noite juntos, apenas como amigos, como sempre foi, as coisas poderiam voltar ao normal.

Toquei o interfone, fazendo malabarismo com as mãos para não derrubar nada, e ela logo atendeu. Nunca havia ficado nervoso na sua presença, pelo contrário, ela sempre fora meu ponto de paz, de calmaria. Porém, enquanto subia o elevador, meu coração parecia martelar no peito de tanta expectativa.

— Tacos de desculpa? — Sorri, assim que ela abriu a porta, vestindo um short curto preto e uma camiseta que acentuava muito seu decote. *Estou perdido!*

— Você sabe mesmo como me fazer te perdoar...

Entrei no apartamento e sentei na sala, enquanto ela pegava os pratos e copos para nos servir.

— Saiu do trabalho mais cedo? — perguntei, pois sabia que ela era sempre a última a deixar a redação.

— Sim e não.

Arqueei as sobrancelhas, confuso.

— Inácio foi me buscar. Ele precisou fazer uma viagem hoje outra vez, então, pediu para me trazer em casa para passarmos um tempo juntos... — ela explicou, um pouco corada.

— Olha! Acho que alguém está evoluindo na relação... — impliquei, tentando ignorar a sensação esquisita que se apossou de mim ao ouvi-la falar no nome de Inácio.

— Sério, Saulo, ele é um cara incrível. Você precisa conhecê-lo. Tenho certeza de que se darão muito bem.

— O que ele fez para ser tão bom assim? — questionei, em um tom de brincadeira, mas queria mesmo saber.

— Ele me levou para comer aquela torta de maçã que comemos várias vezes, lembra? Quando queríamos matar a saudade da nossa terrinha... — Mariana suspirou, empolgada.

Não consegui deixar de sentir uma pontada de ciúmes ao saber que ele estava com ela no lugar em que eu normalmente a acompanhava. Entretanto, também levamos Lia lá, e eu não poderia parecer um adolescente marcando território naquela altura da vida.

— Parece que ele sabe ser romântico, então!

— É, ele é incrível.

Terminamos de comer, ao passo em que ela contava sobre os encontros que teve com Inácio, que parecia tê-la mantido bem ocupada durante os quase quinze dias que não nos vimos. O taco acabou descendo mais quadrado do que eu previra, e todo o meu plano de superar a noite com Mariana foi por água abaixo. Evitamos a todo custo falar no nome de Lia, acho que ela estava se sentindo tão culpada quanto eu pelo que fizemos. Os *flashes* da nossa noite juntos continuavam invadindo minha cabeça sem permissão, até mesmo quando falávamos de momentos comuns em nossa amizade.

Que idiota da minha parte!

Enquanto estava ali, sentindo um ciúme inexplicável que eu buscava compreender, minha namorada se encontrava em seu apartamento, estudando feito louca para ter uma vida melhor e poder compartilhar isso comigo. Elaborava jantares que deixavam sua cozinha fedendo a peixe por uma semana, mesmo sem precisar, para passar mais tempo ao meu lado. Era injusto demais eu abandonar tudo o que construí com Lia para viver alimentando um sentimento inapropriado e nada recíproco por Mariana. Aquela noite fora um erro. Ficou claro para mim que ela já seguira em frente, portanto, era a minha vez de fazer o mesmo.

— Está tudo bem entre nós? — perguntou, quando abriu a porta para se despedir de mim.

— Tudo perfeitamente bem. Eu amo você, guria. Nada vai mudar isso. Nem nossas noites insanas de tequila.

Menti, pois tudo já havia mudado. Falei, mesmo sabendo que não era o que eu queria dizer, mas, sem sombra de dúvida, era o que ambos precisávamos ouvir. Beijei sua testa e desci até o meu carro, desejando que assim que colocasse meus pés para fora dali aquela página estivesse completamente virada.

Capítulo 5

Mariana

Fiquei muito feliz por Saulo ter aparecido em minha casa e por conversarmos naturalmente, como antes. Eu amava meu amigo e não queria que nada no mundo nos afastasse.

Mais uma vez, Inácio viajou a trabalho e ficou uma semana fora. Conversamos todos os dias por telefone, cada vez mais envolvidos. Tive relacionamentos muitos ruins antes dele, então, estava adorando a leveza do que vínhamos construindo.

Na sexta-feira seguinte, Lia me ligou convidando para irmos, no sábado, de casaizinhos, a uma boate que gostávamos de frequentar no bairro da Consolação. Foi a primeira vez que conversamos depois da fatídica noite, logo, bastante estranho para mim. Ela me chamou para almoçar, aceitei, contudo, senti-me péssima. Foi difícil encará-la, era como se eu exibisse na testa um letreiro luminoso escrito "traidora". Ainda bem que minha amiga não desconfiou do meu comportamento incomum. Acabei compreendendo que, antes de tudo, eu precisava me perdoar, para que a vida voltasse a ser como era.

Então, quando ouvi seu convite, aceitei de pronto, empolgada. Pensei que seria ótimo sairmos juntos, além disso, fazia tempos que não íamos lá. Tratei logo de mandar mensagem para Inácio, que concordou de imediato.

No dia seguinte, no horário combinado, ele passou para me buscar. Estava lindo, como sempre. Com saudades, deixei-me envolver em seus braços fortes e o beijei com paixão.

Encontramos com Lia e Saulo na porta do local. Assim que entramos, conseguimos uma mesa alta com quatro bancos, que ficava próxima à pista de dança. Pedimos drinques e, enquanto bebíamos, conversamos alegres. Por causa do barulho, falávamos mais alto do que o habitual, para que pudéssemos ser ouvidos. Quando começou a tocar "*I don't care*", do Ed Sheeram, com participação do Justin Bieber, Lia praticamente gritou, dizendo que adorava a canção e nos chamou para dançar. Animada, concordei e arrastamos nossos pares para a pista de dança.

No meio daquela multidão, eu me remexia praticamente colada ao corpo de Inácio, notando que a situação não era diferente com meus amigos, que também pareciam curtir o momento.

A música que se seguiu foi "*Señorita*" de Shaw Mendes e Camila Cabello. Ao ritmo da melodia sensual, os dois a minha frente trocavam carinhos, o que me deixou um pouco incomodada. O aperto que afligiu meu peito era semelhante ao causado por ciúme.

Fala sério, eu não deveria estar me sentindo assim em relação ao meu amigo. Enquanto eu me martirizava por meus sentimentos inapropriados, Inácio sussurrou ao meu ouvido.

— Está me deixando excitado, princesa — a voz grave e quente, seguida de suas mãos ousadas que deslizaram pelos meus quadris, arrepiou minha pele.

Virei-me para ele e o beijei com volúpia, desligando-me de tudo que acontecia ao redor. Quando nossos lábios se afastaram, estávamos ofegantes. O desejo era quase palpável.

Ainda ficamos um bom tempo na boate, até resolvermos ir embora. Imaginei que Inácio quisesse prolongar a noite em meu apartamento, por conta de nossos amassos ousados, mesmo que o cansaço fosse visível em seu semblante.

— Infelizmente terei que viajar de novo amanhã — ele disse, ao estacionar em frente à portaria do prédio que eu morava, deixando claro que não subiria comigo.

Aquilo, de forma contraditória, frustrou-me ao mesmo tempo em que me deixou aliviada. Será que eu estava mesmo preparada para ir para a cama com ele?

— Nossa, você mal chegou...

— É que tenho uma reunião importante na segunda-feira logo cedo no Rio, e de lá irei para Brasília.

— Vai passar a semana toda viajando de novo? — eu quis saber. Não era tão simples namorar um cara como ele, que vivia fora, talvez, até por isso ainda estivesse solteiro.

— Vou. — Encarou-me com pesar. — Nunca me incomodei com as viagens frequentes, até te conhecer. Confesso que gostaria de poder ficar mais aqui em São Paulo, ter mais tempo para você, para nós. — Acariciou meu rosto.

— Eu também adoraria tê-lo mais por perto, mas está tudo bem. É seu trabalho. Lutou muito para chegar onde está. Tenho orgulho de você e prometo que tentarei não ser a namorada grudenta, carente de atenção. — Arregalei os olhos quando me dei conta do que eu tinha falado.

— Minha namorada — repetiu, satisfeito, deixando-me um pouco constrangida, já que ele mesmo nunca tinha dito nada a respeito. Nunca tínhamos intitulado nosso relacionamento. — Ei, não precisa ficar com vergonha do que disse. É isso sim que somos, namorados, ok?

Assenti, sem conseguir conter o sorriso.

— Voltarei de viagem na sexta-feira e quero preparar um jantar para você no sábado, no meu apartamento. — Contornou com os dedos os traços de minha face.

— Adorarei isso!

Despedimo-nos com um beijo lento, depois desejamos um ao outro uma boa semana. Deixei o carro com o coração quentinho, feliz por tudo que estava acontecendo entre aquele deus do ébano e eu.

Trabalhei muito na semana seguinte e sabia que Inácio estaria bastante ocupado também, ainda assim, ele se esforçou para que conseguíssemos nos falar, pelo menos um pouquinho, todos os dias. Na quinta-feira, tive um mal-estar quando acordei. O estômago ficou enjoado e, mesmo não tendo vomitado ou tido febre, passei o dia todo esquisita, meio sonolenta. Fiquei com medo de estar adoecendo e não conseguir ir ao jantar que meu namorado estava tão empolgado em fazer para mim. Por sorte não foi nada de mais e na sexta-feira já me sentia bem outra vez.

Depois do expediente, passei no shopping mais próximo para comprar um vestido novo e uma *lingerie* especial, pois queria impressionar Inácio.

Acordei no sábado com o celular vibrando. Ainda deitada, estiquei o braço para pegar o aparelho, fiquei contente ao ver que era uma mensagem dele.

Bom dia, princesa! Como você está? Levantei agora e vou ao mercado. Buscarei você às 20h, tudo bem?

Respondi sem demora:

Oi, lindo! Estou bem. E você? Fez boa viagem? Não precisa me buscar, eu vou no meu carro.

Também estou bem e a viagem foi tranquila. Está certo então. Avise quando chegar, que pedirei para abrirem o portão para colocar o carro na garagem, tenho duas vagas. Ah, e venha preparada para passar a noite. Ficarei muito feliz se quiser dormir aqui hoje.

Sentei na cama e esfreguei os olhos ao ler suas palavras. É claro que eu já imaginava que ele iria querer transar, eu mesma estava desejando aquilo, mas não tinha pensado que me convidaria para dormir lá. Achei fofo. A nossa troca de mensagens só me fez ter mais certeza de minha decisão.

Acho que agora realmente somos namorados!

Levantei e fui até a cozinha preparar um café, já sonhando acordada com as coisas que aconteceriam mais tarde.

Aproveitei o dia livre para ir à academia, ler e assistir TV. Por volta das 18h30 já comecei a me arrumar. Gastaria cerca de meia hora no trajeto do meu apartamento até o dele e não queria me atrasar. Inácio sempre foi tão pontual, era minha vez de mostrar que eu também conseguia chegar no horário marcado.

Depois do banho, coloquei a *lingerie* de renda preta e o vestido novo, curto, da mesma cor. Ele tinha um tecido encorpado e um corte que valorizava meu corpo. Sequei os cabelos e caprichei na maquiagem. Os saltos altos completaram o visual. Contente com a produção, preparei uma malinha de mão, com uma muda de roupa, itens de higiene pessoal e uma sapatilha, para ter o que usar no dia seguinte.

Peguei meus documentos, a chave do carro e saí.

Assim que parei em frente ao prédio luxuoso que ele morava, liguei avisando. Era a primeira vez que eu ia até lá. Não demorou para que pedisse ao porteiro para abrir o portão da garagem para mim. Estacionei na vaga orientada e desci. Para minha surpresa, ele me aguardava no local.

— Uau! Está ainda mais linda — elogiou assim que me viu.

— Obrigada. — Sorri, envaidecida, e me aproximei.

Ele me envolveu em um abraço saudoso e, em seguida, beijou-me com intensidade.

— Deixa que eu levo isso para você. — Pegou a bolsa e me conduziu até o elevador.

Assim que as portas de aço se abriram, entramos e Inácio apertou o botão do quinto andar.

Em poucos segundos descemos e, de dedos entrelaçados, caminhei com ele pelo corredor.

— Prédio bonito — comentei, reparando ao meu redor. — Mora aqui há muito tempo?

— Faz cinco anos. Espero que goste do meu apartamento. — Parou em frente ao número cinquenta e seis. — Seja bem-vinda, princesa — disse, após destrancar a porta, apontando o interior para que eu passasse à sua frente.

Logo que entrei, um aroma de temperos invadiu minhas narinas. Apesar de gostoso, incomodou-me um pouco, fazendo meu estômago embrulhar. Ainda bem que o desconforto passou rapidamente. Então, pude reparar no imóvel que era muito maior do que o meu. A sala era ampla, com enormes janelas de vidro temperado. As paredes tinham um tom de bege bem claro e exibiam pinturas a óleo em tons coloridos, o que contrastava com os móveis de cores escuras. Havia um sofá de três lugares, que parecia ser dobrável e reclinável, com um painel de madeira e uma TV gigantesca presa a ele. Em um ambiente aberto e moderno, em um formato de L, estava, em seguida, a sala de jantar, separada da cozinha por um balcão.

— E aí, o que achou? — Inácio quis saber, quando me viu examinando seu lar.

— Adorei! Combina com você.

— Obrigado. Venha, deixa eu te mostrar o restante. — Pegou em minha mão e me guiou.

O apartamento tinha três quartos. Um ele usava como escritório, outro tinha uma cama de solteiro, que Inácio confessou que nunca foi usada, e o terceiro, uma suíte com uma cama *king size*, era o seu. Deixou minha bolsa lá e voltamos para a sala.

— O jantar já está pronto. Aceita um vinho para acompanhar?

— Claro. Aliás, o que cozinhou pra gente?

— Risoto de alho-poró, legumes salteados na manteiga e filé ao molho madeira.

— Que chique! Então quer dizer que o senhor é praticamente um *chef* de cozinha? — Fiquei surpresa com o cardápio elaborado.

— Aprendi a cozinhar com minha mãe, depois, já na vida adulta, fiz um curso rápido de culinária executiva *gourmet*.

— Você é mesmo um cara surpreendente. — Enlacei o pescoço dele com os braços e o puxei para outro beijo, ainda mais apaixonado que o primeiro que demos naquela noite.

Meu namorado colocou uma música instrumental suave para tocar baixinho e fez questão de servi não só minha taça, mas também meu prato. Chegava a ser surreal o cavalheirismo e a delicadeza comigo. Ou será que era eu que nunca tinha de fato me envolvido com um cara bacana antes?

Enquanto comíamos, ele me contou um pouco mais sobre sua vida, inclusive da época em que ainda morava com os pais. Também falei com saudade da minha família. Tudo estava tão perfeito que queria que aquela noite nunca mais terminasse.

De repente, tive um enjoo tão forte que precisei levantar apressada e correr até o banheiro. Preocupado, Inácio foi atrás de mim.

— O que houve, princesa? — Abaixou ao meu lado e segurou meus cabelos, enquanto eu continuava a vomitar, agarrada no vaso sanitário. Que tragédia!

Eu não sabia o que estava acontecendo, o mal-estar era terrível.

Quando aquela ânsia horrorosa passou e parei de pôr para fora tudo o que tinha ingerido, ergui o rosto, desconsolada.

— Que vergonha, perdoa-me por isso — balbuciei com a voz fraca.

— Está pálida que nem papel. Venha, vamos lavar esse rosto e você deita um pouco.

Ajudou-me a ficar em pé, de frente para a pia, e ligou a torneira.

— Será que foi a comida que fiz? Tem intolerância a algum tipo de tempero?

— Nunca tive problemas alimentares. Não sei o que aconteceu. Tudo estava uma delícia, não se preocupe. Acho que devo ter pegado uma virose. Tive algo semelhante, só que bem mais leve, na quinta-feira, mas depois passou, então achei que não fosse nada.

— Quer que eu te leve a um hospital? Ou que chame um médico aqui?

— Imagina, não precisa. Vou deitar um pouquinho, como sugeriu, e logo devo estar melhor.

Inácio me levou até seu quarto e ajudou a acomodar-me na cama. Depois saiu e voltou com um copo de água. Sentindo-me exausta, apaguei, vestida como cheguei.

Dormi na casa dele, só que, infelizmente, nada saiu como o planejado. Não foi daquela vez que transamos. Paciente e carinhoso, ele cuidou de mim. No dia seguinte, só me deixou ir embora dirigindo quando eu garanti que me sentia bem e prometi que, se caso voltasse a passar mal, procuraria um pronto-atendimento.

Retornei para meu apartamento em segurança e, quando cheguei, atirei-me na cama e lá permaneci a manhã inteira.

Capítulo 6

Saulo

— Olá, irmãozinho! Abre aí que estou subindo.

A voz do meu irmão soou no interfone em pleno domingo de manhã. Esfreguei as têmporas, tentando entender se aquilo era algum tipo de alucinação ou se Diogo realmente estava subindo até meu apartamento no meu único dia de descanso. Depois de abrir a porta e vê-lo segurando uma bolsa de mão, as dúvidas se esvaíram.

— Aconteceu alguma coisa? — questionei, acompanhando-o até a sala, onde ele tirou os sapatos e os deixou jogado no meu tapete.

Não era de se estranhar uma visita repentina, afinal, era raro ele avisar alguma coisa. Não sabia dizer como dois irmãos com idades tão parecidas poderiam ser tão diferentes. Ele era apenas três anos mais velho do que eu, mas sempre fomos o avesso um do outro. Eu era a criança organizada, estudiosa e que nunca dera um pingo de problema para nossos pais; ele era o que a diretora mandava inúmeros recados na agenda reclamando de sua preguiça na sala de aula. E, mesmo assim, por Diogo ser o mais velho, os benefícios apareciam, sobretudo com nossos pais.

— Tenho uma reunião aqui amanhã, consegui uma promoção no voo de hoje e resolvi passar um dia com meu irmão querido. Tudo bem para você? — debochou, alisando seus cabelos castanho-claros com uma das mãos.

— Agora que já está aqui, tudo bem — devolvi a brincadeira e, só então, o abracei. — E nossos pais?

— Ótimos. Reclamando de você, como sempre, já que parece ter esquecido o endereço deles.

— Acho que vão reclamar de mim de qualquer jeito, só estou dando um motivo real desta vez — respondi, sentando ao seu lado, ainda de pijama.

Diogo parecia mais forte, deveria estar passando mais horas na academia, e eu aumentando meu tempo na cozinha de Lia. Desviei o pensamento, nem tudo com meu irmão precisava ser uma competição, muito menos pelos gomos a mais que ele havia plantado em seu abdome.

— Desde que você veio para São Paulo, virou a ovelha negra da família, não adianta querer fugir do posto agora.

— Lutei muito para isso, vou fazer valer à pena — impliquei, com humor.

No fundo, uma angústia esquisita sempre se instalava em mim quando o assunto era minha mudança para a capital paulista. Meus pais nunca aceitaram minha decisão e, pelo visto, mesmo depois de todo aquele tempo, ainda não haviam superado. Diogo, por sua vez, fez sua vida em nossa terra natal, para a felicidade deles. Um dos filhos não era uma decepção.

— Sério, irmão, mesmo que eles continuem com essa provocação idiota sobre suas escolhas de vida, você sabe que te apoio, não sabe? Eu consigo ver tudo o que conquistou aqui. — Levantou, indo até a janela da sala. — Olha só este apartamento. Esta vista. Está fazendo um bom trabalho.

Aproximei-me dele, apoiando os braços no parapeito da janela.

— O imóvel não é meu, ainda estou juntando dinheiro para comprá-lo, já que o dono manifestou interesse em vender e eu gosto mesmo daqui.

— Mas já é uma grande coisa conseguir se manter em um bairro bom, na maior cidade do país, trabalhando em uma multinacional...

— Eu sei. É uma pena que eles não consigam enxergar isso. Queria que me dessem essa chance, em especial papai, você sabe. Ele adora me lembrar o tamanho da decepção que teve comigo quando passei no vestibular para UFRGS e decidi pela USP.

— Nosso querido pai adora demonstrar todas as frustrações que teve com a vida. Não leve para o pessoal. — Diogo me deu um tapinha nas costas e seguiu até a cozinha, pegando uma garrafa d'água na geladeira.

Meu irmão me atualizou com os assuntos da cidade, que nem eram tão surpreendentes assim. Conversamos sobre nossos antigos colegas de escola e sobre ele ter se casado com Clara, por quem era apaixonado na adolescência, mas que demorou a assumir. Os dois só ficaram juntos quando ele entrou para a faculdade. Eu sempre achei que optou por estudar em Porto Alegre não para ficar mais perto de casa, e sim para não se afastar da namorada. O relacionamento deu certo e, quando se formou, arrumou um bom emprego em Campo Bom e a pediu em casamento.

Só que, como o esperado, aquele assunto nos levou até a minha vida pessoal, sobre a qual não gostava de falar com ninguém, muito menos com ele, que tinha a ironia correndo em suas veias, como uma doença contagiosa.

— Você ainda continua com aquela garota? Mia? — Arqueou as sobrancelhas, fingindo.

— Lia, Diogo. Sabe muito bem o nome dela, deixa de ser implicante. Sim, continuamos juntos, ela é ótima. Deve vir jantar comigo hoje. Você está convidado.

— Claro que estou. Bom, talvez eu consiga conversar com ela sobre algumas coisas. — Diogo me encarou, como se me desafiasse.

— Do que está falando?

— Mariana, óbvio. Quando vai contar para Lia que é apaixonado por sua amiga de infância?

Abri a boca, surpreso. Aquela era uma piada comum entre nós dois, ele adorava encontrar um motivo para me importunar, desde que encontrara uma carta que escrevi na adolescência para Mariana no meio dos meus livros do ensino médio. Naquela época, eu estava bem confuso com o que sentia por ela, mas depois compreendi que era apenas a puberdade. Ou foi o que me fiz acreditar com o passar do tempo.

Porém, daquela vez, algo dentro de mim fez com que um frio percorresse minha espinha ao ouvi-lo falar aquilo. E eu sabia bem o motivo. As coisas com Mariana haviam chegado em um lugar perigoso e, apesar de querer muito aceitar que superamos, ainda tinha minhas dúvidas.

— Para de maluquice. Você sabe bem que Mariana e eu somos apenas amigos — respondi, menos confiante do que gostaria.

— É, eu sei. Porque são dois idiotas.

Joguei a almofada em Diogo, que gargalhou em resposta antes de levantar para tomar um banho. Apesar de tudo, era bom que ele estivesse por perto. Formávamos uma boa dupla, dávamo-nos bem, principalmente longe dos nossos pais.

Lia me ajudou a cozinhar o jantar, já que Diogo é um zero à esquerda quando o assunto é comida. Deixamos a louça para ele. Meu irmão ficou a maior parte do tempo em silêncio, apenas observando meus movimentos, respondendo a perguntas sobre seu trabalho e sobre nossa cidade, o que não era nada típico dele. Estranhei quando se ofereceu para pegar a sobremesa com minha namorada, dizendo que nós dois não éramos uma boa combinação juntos. Primeiro achei que estava falando sobre nos deixar sozinhos, todavia, pelo olhar que me lançou, sabia que havia algo por trás daquilo.

Em vários momentos, perguntou por Mariana e Lia tagarelou sobre o novo namorado da minha amiga, como ele era maravilhoso, bem-sucedido e o bem que estava fazendo a ela. Eu me remexia na cadeira, incomodado, sempre que o assunto ladeava para aquele lugar, temendo que Diogo fizesse algum tipo de piada que pudesse me constranger, porém ele permaneceu em silêncio, apenas ouvindo.

Toda vez que ela falava de Mariana, algo apertava meu peito. Era estranho sentir aquele ciúme absurdo estando com Lia ao meu lado e, sobretudo, era mais complicado ainda fingir que era um ótimo namorado omitindo sobre aquela noite.

Depois que a louça fora lavada, Diogo informou que ia deitar, porque acordaria cedo no dia seguinte, deixando-nos à sós. Lia e eu terminamos a garrafa de vinho, enquanto ela contava sobre uma novidade no trabalho, e minha cabeça ainda flutuava sobre os comentários do jantar referentes ao Inácio. Ele parecia mesmo um cara legal, percebi isso no dia em que saímos juntos, entretanto, meu problema não era com ele, mas com o sentimento esquisito que meu corpo insistia em nutrir por minha amiga, todo o desejo perigoso que me fazia pensar nela sempre que colocava minha cabeça no travesseiro. Era a mentira que ficava me perseguindo toda vez que beijava Lia ou transava com ela, sentindo-me o pior dos seres humanos. Fugi uma vez, na noite em que preparou o jantar romântico, no entanto foi impossível continuar evitando de ir para a cama com ela, que não merecia um namorado tão babaca quanto eu estava sendo. Então, aconteceu na noite após a ida a boate, só que a culpa me desolou e não me abandonava.

Despedimo-nos e fui para o meu quarto, notando que a porta do meu irmão já estava fechada. Talvez tenha sido só impressão minha sua estranheza, ele costumava dizer que eu tinha uma mania de perseguição, que nem tudo era sobre mim. Daquela vez, eu poderia acreditar. Ou tentar.

Só que não foi o que aconteceu. Pela manhã, quando sentamos para tomar o desjejum antes de sairmos para o trabalho, Diogo pigarreou.

— Então, tem uma coisa que estou pensando desde ontem...

— Eu sabia. Você estava estranho demais no jantar. Tem alguma coisa acontecendo que eu não sei? Algo com nossos pais? — perguntei, ansioso.

Diogo nunca conseguia esconder muito bem o que sentia. Diferente de mim, que sempre fui especialista nisso. *Até transar com minha melhor amiga.* Balancei a cabeça, tentando me concentrar.

— Não, nada com eles. É com você.

Estranhei sua expressão séria.

— Está fazendo uma burrada e tanto e eu preciso alertá-lo. — Apoiou os cotovelos na mesa.

— Do que está falando?

— Lia. Você não gosta dela. Isso é evidente.

Bufei, inconformado. Não acreditei que ele queria voltar outra vez naquele assunto.

— De novo isso? — Levantei, colocando meu prato e copo na pia.

— Estou falando sério, Saulo. Você vai magoar essa garota e vai se machucar ainda mais se não falar a verdade para Mariana.

— O que sabe sobre isso, Diogo? — perguntei, irritado.

Meu irmão se aproximou de mim, escorando seus braços em meus ombros. Sempre fui poucos centímetros mais alto que ele.

— Eu raramente me intrometo nos seus assuntos. Estou sempre apoiando todas as suas escolhas e posso garantir que a maior parte delas foram bem acertadas. Agora, isso... — Ele apontou para meu peito. — Isso está errado. Se continuar fingindo que não gosta de Mariana, vai perdê-la. E sabe que fará um grande estrago aí dentro. Pense nisso.

Não saberia dizer por quanto tempo fiquei parado ao lado da pia da cozinha analisando tudo o que Diogo acabara de falar. Todavia, quando me dei conta, estávamos nos despedindo na porta do meu apartamento. Continuava meio em transe, pensando em várias coisas ao mesmo tempo e, ainda assim, em nada muito concreto. Será que meu irmão estava certo? Estava mesmo negando meus sentimentos e cometendo um estrago irreversível na vida?

Peguei minhas coisas e fui para o trabalho. Pelo menos, lá era meu lugar seguro, onde os questionamentos se dissipavam e a mente tinha um estímulo diferente: pensar em algo além da confusão em que havia me metido quando beijei minha melhor amiga.

Capítulo 7
Mariana

Na segunda-feira, acordei me sentindo melhor, então, descartei a ideia de procurar um médico. Como acreditava que tinha pegado alguma virose leve, não dei importância ao ocorrido.

As semanas passaram, mas eu e Inácio ainda não tínhamos tentado de novo ter um momento de maior intimidade.

Certo dia, depois de uma manhã puxada na emissora de TV, quando dei por mim, já estava na hora do meu intervalo de almoço. Conferi o celular e uma mensagem fofa dele, perguntando se eu estava bem, deixou-me feliz.

Distraída, sai da sala da redação, no entanto, ao chegar no refeitório, o cheiro de comida fez meu estômago revirar e precisei sair correndo para o banheiro. Mais uma vez, vomitei até quase desfalecer.

Que porra é essa que está acontecendo comigo? Isso de novo? Trêmula e fraca, custei a levantar do chão, agarrada ao vaso sanitário. Ao me encarar no espelho, fiquei assustada com minha palidez. Com um pressentimento ruim, prometi a mim mesma que, assim que saísse do trabalho, procuraria um médico.

Depois de respirar fundo várias vezes, lavando o rosto e molhando a nuca, o mal-estar esquisito passou. Tinha perdido a vontade de almoçar, contudo sabia que precisava me alimentar, por isso, decidi ir até a lanchonete da esquina e pedi uma vitamina de frutas bem geladinha, tomei devagar, com receio de ter enjoos novamente.

A tarde foi ainda mais intensa do que a manhã. No final do expediente, eu estava exausta e, como não tive mais nada, desisti de procurar um hospital, indo direto para casa.

Depois de um banho revigorante e de fazer um lanche, liguei para meus pais e ainda conversei por telefone com Saulo e Inácio, jogada no sofá, onde acabei adormecendo.

Acordei com a coluna reclamando, no meio da madrugada, e me arrastei até o quarto. Quando o relógio despertou, a sensação era de que não tinha descansado nada, mesmo assim, obriguei-me a sair da cama. Ao escovar os dentes, uma forte ânsia de vômito me acometeu, fazendo-me pôr tudo que estava no estômago para fora.

Preocupada, decidi não brincar mais com minha saúde e ir a um médico antes do trabalho. Já tinha me vestido e, ao procurar um sapato debaixo da cama, encontrei minha cartela de anticoncepcional caída, em um cantinho escondido.

Peguei e sentei, atordoada, percebendo que tinha me esquecido completamente de tomar as pílulas naquele mês. E para piorar tudo, não me recordava da data da última menstruação.

Ah, meu Deus! Levei a mão à boca, horrorizada. *Que merda, que merda! Isso não pode estar acontecendo. Eu não posso estar... grávida.*

Em pânico com aquela possibilidade, calcei qualquer coisa e fui até a farmácia mais próxima para comprar um teste de gravidez.

De volta ao meu apartamento, segui as instruções da embalagem e aguardei três minutos, que mais pareceram uma eternidade. Ao conferir o resultado no palitinho, meu mundo desabou.

Ainda em estado de choque, fiquei encarando os dois tracinhos rosa, bem evidentes, que significavam positivo.

A única pessoa com quem transei nos últimos meses foi Saulo. A inconsequência do nosso ato ultrapassou limites que jamais poderíamos imaginar. Eu estava grávida do meu melhor amigo, ferrei minha vida e a dele.

Desolada, chorei, deitada na cama em posição fetal.

O que eu vou fazer agora?

Não conseguia parar de repetir mentalmente aquela pergunta. Eu não poderia contar para meus pais, pois eram super religiosos e conservadores. Como eu diria que estava namorando com um rapaz e grávida de outro? Tinha consciência de que, além da decepção e do desgosto, mesmo em pleno século XXI, eles iriam querer forçar Saulo a casar comigo. Eu precisava conversar com meu amigo antes, mas será que teria coragem de dizer toda a verdade?

Aflita demais para raciocinar direito, peguei o celular e comecei a digitar, sem nem ao menos me preocupar em cumprimentá-lo ou perguntar como estava. Fui direto ao ponto.

> Estou precisando de você. Poderia me encontrar na hora do almoço?

Fiquei encarando o aparelho, ansiosa, aguardando que ele visualizasse e respondesse, o que para meu alívio não demorou.

> Oi, Mari! Tudo bem? Posso almoçar com você sim, claro. Aonde quer ir? Me diga o horário e o endereço que te encontro lá. Até mais tarde!

Digitei a resposta, marcando com ele ao meio-dia e meia em um restaurante próximo ao meu trabalho.

Ao conferir as horas, dei-me conta de que já estava atrasada. Apesar de não ter tomado café da manhã, não tinha a menor fome, então, peguei minha bolsa e saí apressada.

Nunca foi tão difícil me concentrar no que tinha para fazer. Lia e relia as pautas para os próximos dias sem absorver nada. Só pensava no quanto estava ferrada. O que eu faria? Abortar jamais seria uma opção. Estava certa de que teria aquela criança, mesmo que não tivesse a menor ideia de como cuidar de uma ou como ela se encaixaria na minha rotina. Só não conseguia ainda imaginar o tamanho do estrago que a notícia faria a todos ao meu redor. Como Saulo reagiria? Como eu conseguiria encarar Lia depois que ela soubesse? E Inácio? Por mais que fosse um bom homem, estaria disposto a continuar namorando uma mulher grávida de outro? Fora que ele poderia me acusar de traição, pois, em algum momento, acabaria se dando conta de que quando engravidei já estava saindo com ele.

Que desastre, meu Deus. Estou tão ferrada!

— Chefa, já escolheu os assuntos para o jornal de amanhã? — Lucas me despertou do transe.

— Ainda não. — Bufei e balancei a cabeça, tentando me livrar dos pensamentos.

— Você não me parece bem nos últimos dias — comentou, olhando-me cauteloso, apoiando a mão desmunhecada debaixo do queixo.

— É só cansaço. — Tentei disfarçar.

— Quer ajuda com os possíveis temas?

— Quero sim, querido. Dê uma olha nisso e me diga o que acha. — Entreguei uma folha com alguns tópicos que poderíamos abordar.

Focado, ele se pôs a ler e começou a assinalar opções e a escrever comentários ao lado, enquanto, mais uma vez, desliguei-me de tudo e me deixei ser tragada pelo universo paralelo que me aguardava. Fiquei me imaginando com a barriga enorme, envolta por fraldas e roupinhas de bebê. Por mais que a situação fosse desesperadora, de forma quase inconsciente, levei as mãos ao abdome e fechei os olhos. Existia uma vida se desenvolvendo dentro de mim, o que, apesar de assustador, também era lindo.

Terei um bebê do meu melhor amigo. Será que um dia conseguirei apenas ver o lado positivo de toda essa situação? Por mais que o pensamento me desse vontade de chorar, eu estava sorrindo.

Capítulo 8

Saulo

Joguei-me para o lado da cama, ofegante e suado. Sexo com Lia sempre foi bom, o que me surpreendeu bastante no início, pois eu não era o cara mais experiente do universo. Encarei o teto do meu quarto enquanto ela se aconchegava em meu peito, pousando uma das mãos em meu abdome. Por que diabo, então, mesmo estando com uma mulher incrível, não conseguia deixar de pensar em Mariana um segundo sequer?

Cada vez que beijava Lia apenas na penumbra da luz do abajur, era a boca da minha amiga que eu via. Quando ela me tocava, em toda e qualquer parte, era nela que eu pensava. Isso não era justo comigo e muito menos com minha namorada, que parecia tão satisfeita com nossa performance. Cheguei a sentir raiva de Mariana por ter permitido que aquilo chegasse onde chegou, mesmo sabendo que o maior culpado fui eu. Porém, quando imaginava minhas mãos engalfinhadas nos seus cabelos claros, meus lábios esquadrinhando a boca rosada, toda a raiva se esvaía.

Nossa respiração entrou em uma cadência normal e Lia apoiou o queixo em meu peito, encarando-me.

— Eu adoro vir dormir aqui — sussurrou.

— Também gosto quando você vem pra cá.

— É uma pena que a gente não tenha tanto tempo, porque estamos cada vez melhores nisso. — Lia fez um sinal para nossos corpos entrelaçados.

Sorri, implorando mentalmente aos céus para que ela não voltasse no assunto de morarmos juntos outra vez. Não tinha a menor condição de pensar naquilo.

— Nunca achei que fôssemos realmente chegar aqui, sabia? Você era apenas o amigo *nerd* da Mariana. E, de repente, passou a ser meu namorado *nerd* — brincou. Mas não queria que ela tivesse invocado o nome da minha amiga justo naquele momento, quando estava me concentrando para não trazê-la novamente para minha cama e cabeça.

— Eu sei. O mundo dá voltas, não é verdade?

— Eu te amo, Saulo Vilard.

Um soco pareceu acertar em cheio meu estômago quando a ouvi dizer. Certeza que minha boca ficara aberta como a de um palhaço de circo. Lia parecia feliz, empolgada, satisfeita, tudo o que eu não estava naquele momento. Minha cabeça era uma confusão fodida e não queria dizer nada que pudesse iludi-la ou frustrá-la. *Por que agora? Por quê?*

Passei uma das mãos em seu rosto e puxei seu queixo até minha boca, dando um beijo nela. Eu sabia que minha falta de resposta havia tornado o clima tenso no instante em que nossos lábios se tocaram, porque foi fácil sentir a aflição na forma como seus músculos se moveram. Minha mente borbulhava de pensamentos idiotas, como falar o mesmo só para não a decepcionar ou contar a verdade sobre o que aconteceu entre Mariana e eu, mas ignorei tudo e encerrei o beijo, virando-me para o lado em seguida.

— Boa noite, amor.

Ela não disse nada. Apenas se virou para o outro lado e, alguns minutos depois, consegui ouvi-la ressonar.

A voz do meu irmão me alertando sobre o que eu estava fazendo com Lia não parava de reaparecer, como um fantasma estúpido e, ao mesmo tempo, inteligente. Eu não queria aceitar, porém, no fundo, ele tinha certa razão. No entanto, por que falaria algo com Mariana que sabia que ela não queria ouvir? Nós tivemos nossa chance, mesmo bêbados e enlouquecidos pela tequila, poderíamos ter lidado com aquilo de outra forma. Se ela sentisse o mesmo por mim, a manhã do dia seguinte teria sido diferente. Menos constrangedora e pesada, sem ela me expulsando feito um cachorro imundo da sua cama.

Eu a conhecia. Ela não queria aquilo. Não queria estragar nossa amizade. Mariana estava carente, sozinha e eu era seu ponto de apoio, ela se sentia segura comigo. Foi isso. Apenas isso. Se eu saísse correndo para falar tudo o que acreditava sentir, nossa amizade culminaria. Preferia passar uma vida guardando esse segredo do que ter a chance de perdê-la.

Encarei a silhueta de Lia no escuro. Eu poderia amar essa mulher um dia, não poderia? Quantas histórias ouvimos por aí, em que o amor só chegou depois de inúmeras escolhas. Talvez, fosse o meu caso também, escolher amá-la.

Respirei fundo e fechei meus olhos, lutando para me concentrar a ponto de conseguir, ao menos, esquecer todo aquele sentimento estranho que se instalara em mim. Todavia, só uma pessoa no quarto fora capaz de dormir naquela noite.

Para minha felicidade, a tensão havia se dissipado pela manhã. Depois de tomarmos café juntos, Lia me deu um beijo rápido e foi para o trabalho. Fiquei aliviado por não ter uma D.R. logo cedo, principalmente quando tinha uma reunião importante para realizar. Tomei um banho e me arrumei, pegando minha bolsa com o novo projeto que estava prestes a sugerir. Aquele poderia ser o meu momento na empresa, estava esperando por aquilo há dias.

Durante o trabalho, era bem mais fácil esquecer toda a merda em que minha vida pessoal se encontrava. Minha profissão exigia concentração, o que não era difícil com a extensa demanda, já que muitos funcionários haviam sido demitidos. Eu ficava inseguro, óbvio, mas precisava dar o meu melhor. Por isso, pensei naquele projeto com tanto afinco.

Deixei o celular no silencioso quando entrei para a reunião. A maior parte dos meus chefes já se encontravam na sala, sentei junto da minha equipe e aguardamos o momento, ansiosos para saber o que achariam da nossa iniciativa.

Porém, nada aconteceu. Meu chefe não parecia disposto a ouvir nenhuma sugestão naquele dia, por isso, encerrou a conversa mais cedo. O que me levou a ficar puto da vida e sair revoltado da sala, comentando com Pedro, meu colega de equipe, o quanto minha vida estava uma merda.

Ok, nunca fui muito de me abrir com as pessoas. Muito menos com alguém que eu só falava no trabalho, todavia, com a recente declaração de Lia, algo dentro de mim parecia prestes a explodir.

— E você nunca falou para ela? — perguntou, esforçando-se para compreender meu recente desabafo.

— Nem vou. Foi só uma noite. Não vai acontecer outra vez.

— Cara, sério, nada acontece por acaso — ele completou, terminando seu café.

— Não posso correr o risco de perder nossa amizade de anos, seria burrice — afirmei.

— Se vocês são tão amigos assim, a única coisa que pode estragar uma amizade é a mentira. Vai por mim, Saulo.

Pedro me deu dois tapinhas nas costas e saiu, deixando a bomba explodir bem na minha cara. Será que ele tinha razão? Meu vínculo com Mariana poderia resistir se eu falasse a verdade?

Como se adivinhasse meus pensamentos, meu celular vibrou com o nome dela. Li a mensagem e respondi de pronto. Bastava qualquer sinal de sua presença para algo dentro de mim se aquecer, e tinha percebido que, por mais que estivesse me esforçando para mantê-la em um local seguro na minha cabeça, estava ficando cada vez mais difícil.

Ela estava precisando de mim. Isso só poderia ser um bom sinal. Talvez, tivesse repensado, analisado seus sentimentos e percebido que algo estava diferente entre nós. Talvez, tudo não fosse mesmo só coisa da minha cabeça. Poderíamos ter uma chance de achar isso juntos. E iria descobrir em breve, no nosso almoço.

Capítulo 9

Mariana

Além de ter chegado atrasada no trabalho, por mais que me esforçasse, não estava conseguindo me concentrar em nada naquela manhã.

E se o teste de farmácia estivesse errado e minha menstruação está apenas desregulada?

De repente, aquela dúvida começou a me rondar. Eu não poderia dizer para meu melhor amigo que estava esperando um filho dele sem ter certeza da gravidez.

Aturdida com tudo aquilo, liguei no consultório da minha ginecologista e praticamente implorei para que me encaixasse antes do almoço. Por acaso, a secretária me conseguiu um horário.

Chamei o Lucas, meu assistente, ao retornar para a sala da redação, depois de ficar escondida no banheiro para tentar ter um pouco de privacidade ao telefonar. Informei que tinha uma emergência e ele, como um fiel escudeiro, prontificou-se para me cobrir enquanto estivesse fora. Uma hora a mais de almoço não mataria ninguém!

Dirigi o mais rápido que consegui, suspirando aliviada ao conferir o relógio e ver que tinha chegado a tempo. Meio esbaforida, por praticamente ter corrido do estacionamento até à recepção daquele andar, entreguei meu documento e a carteirinha do convênio de saúde para a secretária. A moça abriu minha ficha e pediu que eu aguardasse.

Poucos minutos depois, fui encaminhada até a sala da médica.

— Bom dia, Mariana, sente-se, por favor. — Ela me recebeu com um sorriso gentil.

Assenti e me acomodei, remexendo as mãos, nervosa.

— O que houve? Em que posso ajudá-la? — Observava-me, atenta.

— Doutora Janice, acho que estou grávida — falei sem rodeios.

— Quando foi sua última menstruação?

— Eu... eu não me lembro. Mas ela não desceu este mês e me dei conta de que esqueci de tomar o anticoncepcional. Daí fiz um teste de farmácia e veio positivo. Eu tive só uma relação sexual mais recente, poderia ter engravidado tão facilmente assim?

— Usaram camisinha?

— Estávamos bêbados demais para nos preocuparmos com isso. E o resultado dessa estupidez pode ferrar minha vida e a do meu melhor amigo. — Comecei a tremer e a chorar, aflita.

— Fique calma, querida. Já veremos o que está acontecendo. Pode se trocar ali no banheiro e depois deitar, por favor.

Fiz o que mandou, tão desorientada que parecia meio fora de mim.

— Existem motivos para nos preocuparmos com doenças sexualmente transmissíveis? — Posicionou-se a minha frente.

— Creio que não. Esse meu amigo é muito certinho. — Achei melhor nem comentar sobre ele ter uma namorada.

— Melhor assim, mas, de qualquer forma, depois pedirei alguns exames. Como provavelmente o atraso menstrual seja de algumas semanas, vou aproveitar para fazer uma ultrassonografia transvaginal, tudo bem?

— Claro.

Ela introduziu o transdutor do aparelho em mim, com a atenção voltada para o monitor. Meus olhos acompanharam os seus, no entanto, eu não conseguia ver nada além de borrões em preto e branco.

— Mariana, querida, tem mesmo um bebezinho crescendo dentro de você. Vamos tentar ouvir o coração.

A realidade me acertou em cheio. Havia um bebê dentro de mim, uma vida.

Como eu fui fazer isso? Meu coração se agitou no peito e meu corpo inteiro estremeceu só de imaginar o que teria que enfrentar dali para frente.

De repente, um ruído grave, alto, acelerado e ritmado invadiu a sala.

Tum-tum tum-tum tum-tum

Aquilo foi tão emocionante que não consegui conter as lágrimas que embaçaram minhas vistas e transbordaram, molhando meu rosto. Eu ria e chorava ao mesmo tempo. Foi um momento mágico, me senti mãe, forte o bastante para enfrentar qualquer coisa, e mais do que isso, eu me derreti de amores.

— Lindo, não? — a doutora comentou.

— Maravilhoso! É normal o coraçãozinho bater tão rápido? — questionei, preocupada, enquanto enxugava a face e tentava me recompor.

— Nessa fase é sim. Ele está com a frequência de cento e sessenta batimentos por minuto, o que é dentro do esperado para o tempo que o aparelho calculou. Pelas medidas do feto, que agora tem dois centímetros e meio, você está grávida de nove semanas. Parabéns, Mariana!

— Obrigada, doutora Janice — agradeci sem jeito, pois não sabia se tinha muito para comemorar. Aquela notícia abalaria não só a minha vida, mas a de muitos ao meu redor.

— Não fique temorosa, querida, por mais que não tenha planejado engravidar, só de ver sua reação, tenho certeza de que será uma boa mãe. Pode se vestir. Vou imprimir o exame para te entregar e já pedirei a rotina do primeiro trimestre do pré-natal. A partir de agora, vamos nos ver com frequência.

— Está certo. — Antes de descer da maca, acariciei minha barriga.

Eu não sabia como Saulo reagiria. Teria que entender, caso ele ficasse bravo ou não quisesse assumir o filho. Eu contaria a verdade e mostraria a ultrassonografia. Faria o que fosse preciso para ter aquela criança. Cuidaria dela, mesmo que sozinha.

Saí da clínica e fui direto para o restaurante que tinha marcado com meu amigo. Quando cheguei, ele já me aguardava. Logo que me viu, levantou e caminhou em minha direção.

— Oi. Tudo bem com você? Fiquei preocupado com sua mensagem. — Abraçou-me com carinho.

Precisando daquele conforto, apertei-me a ele com sofreguidão.

— O que houve, Mari? Está me assustando.

Respirei fundo, reunindo forças e a coragem necessária, e me afastei dele. Seus olhos me fitaram, confusos, e não pude deixar de sentir gratidão por ser ele a pessoa com quem teria que compartilhar aquilo. Não saberia o que fazer se fosse com qualquer outro.

— Vamos sentar — falei e ele anuiu, acompanhando-me até a mesa em que estava.

— Então... — incentivou meu desabafo.

— Estou morrendo de fome, podemos fazer nossos pedidos primeiro?

— Claro — concordou, ressabiado.

Saulo me conhecia o suficiente para suspeitar do meu comportamento. Deveria imaginar que o que eu tinha para contar fosse importante, porém, na certa, jamais suporia o que estava prestes a ser revelado.

Chamamos um garçom e, enquanto aguardávamos nossos pratos ficarem prontos, achei melhor falar sobre outras coisas mais amenas. Depois que estivesse alimentada, contaria. Então, perguntei do trabalho e ele contou que estava um pouco decepcionado por não ter conseguido apresentar ao chefe um projeto. Depois, disse que o irmão veio visitá-lo, o que só aumentou minha saudade de casa, mas também me fez encolher um pouco na cadeira, temendo como meus pais reagiriam ao saber que seriam avós.

Olhei pela janela, observando o tempo fechado, cinzento, tão nebuloso quanto meu futuro incerto. Que eu teria aquele filho já era um fato para mim, entretanto, como as pessoas que eu mais prezava reagiriam? Meus pais, Inácio, Saulo, Lia, os diretores da emissora de TV...

A vida tinha virado de cabeça para baixo, será que eu conseguiria fazer daquele o lado certo?

— Ei... — meu amigo me despertou do devaneio. — Não vai me contar por que disse que precisava de mim?

— Estou grávida — falei séria, encarando-o, ansiosa por sua reação.

— Você, o quê? — Arregalou os olhos, perplexo.

— Estou esperando um filho seu. — Fiz uma careta pesarosa, retirei o exame da bolsa e entreguei a ele.

Saulo ficou pálido. Abriu e fechou a boca várias vezes, sem emitir nenhum som.

Mal sinal, pensei, sentindo-me nervosa por estar naquela situação. Não bebi sozinha, nem o obriguei a fazer nada, nós dois éramos responsáveis na mesma proporção. Qualquer um poderia ter recuado de alguma forma, se não estivéssemos tão alcoolizados. Eu me senti envolvida, seduzida. Cometemos uma loucura. Aconteceu e era impossível voltar atrás.

Capítulo 10

Saulo

— Grávida? — repeti, meio gago, tentando internalizar as palavras de Mariana. — Está mesmo esperando um bebê?

Olhei de soslaio em volta, com medo de ser algum tipo de pegadinha, mas nada parecia diferente do habitual. Só minha amiga, com os olhos tão estatelados quanto os meus, aguardando com receio minha reação. Se fosse em outro momento, teria me chamado de idiota pela pergunta redundante. Todavia, o clima não estava tão ameno assim.

Ela apenas assentiu, visivelmente aflita.

Bebi um gole do suco, sem conseguir pensar em nada menos decepcionante para falar. Em nenhuma das minhas elucubrações mentais pensara ter aquele tipo de conversa. Ser pai não era algo que rondava minha cabeça, muito menos naquele momento da vida. Podia ver o peito de Mariana subindo e descendo rápido, ofegante. Ela estava tão nervosa quanto eu, era quase palpável.

— Nós só transamos uma vez... — consegui dizer, depois de muito esforço.

— E foi o suficiente para causar toda essa confusão. — Ela apoiou os cotovelos na mesa e segurou a testa com os olhos fechados. — Olha, Saulo, desculpa por falar isso dessa forma. Mas não tinha a quem recorrer. Estava no trabalho e mal conseguia me concentrar. Fui fazer um exame para ter certeza. Acabei de descobrir, estou tão apavorada quanto você. — Mariana abriu a ultrassonografia que tinha me entregado.

Procurei por algum indício de um ser humano naquelas imagens, mesmo imaginando que não entenderia nada. Atentei-me para a parte escrita. No laudo dizia que Mariana estava grávida de nove semanas, justamente o tempo desde a noite de seu aniversário.

Um nó preencheu minha garganta, pigarreei, dando o melhor de mim para entender a confusão de sentimentos que se instalou no ambiente. Estiquei uma das minhas mãos e segurei a de Mariana, que tremia.

Nossos olhares se cruzaram, ambos complacentes.

— Você e o Inácio... vocês... — comecei a perguntar, mas Mariana compreendeu de imediato e balançou a cabeça, negando.

Respirei aliviado. Não que não gostasse dele, porém não pretendia passar nove meses em dúvida sobre o que sentir ou o que fazer. Conhecendo Mariana e observando sua expressão, sabia que aborto estava fora de cogitação. Seria demais para ela e até mesmo para mim.

— E como você está? — Pela forma como suas sobrancelhas se encontravam recurvadas, podia sentir que explodiria a qualquer momento.

— Não sei dizer. Só consigo pensar na quantidade de pessoas envolvidas... Lia, Inácio... Meu Deus, que confusão a gente foi arrumar.

— Você vai contar para ele? — Remexi na cadeira, incomodado. Falar sobre esse acontecimento para qualquer outra pessoa parecia íntimo demais, o que me inquietou de imediato.

— Preciso. Ele parece ser um cara tão... tão bom. Não quero envolvê-lo em nenhuma mentira — Mariana afirmou, com a voz fraca.

— Tenho que encontrar o melhor momento para falar sobre isso com Lia, acho que será um pouco mais complicado, afinal, ela estava com a gente naquele dia... ela saiu... e... você sabe. — Estalei os dedos, nervoso só com a ideia da frustração e raiva que poderia causar em minha namorada.

Sabia que ela não merecia passar por tudo aquilo.

— Eu sei. Não vou falar nada. Mas estarei junto, se quiser. Nós dois devemos explicações para ela.

Emiti um sorriso amarelo, agradecendo.

— Acho que as mais importantes já estão aqui. Você e eu. Somos nós que teremos que lidar com tudo o que está acontecendo, Mariana.

— Eu sei, Saulo. Por mais doloroso que seja, falar com Inácio e Lia é o menor dos meus problemas. Você conhece meus pais, sabe o que eles pensam sobre isso e o inferno que podem fazer... — Ela recostou na cadeira, esticando as pernas, que esbarraram nas minhas debaixo da mesa. Aquele contato discreto despertou lembranças que, em vão, eu tentava esquecer.

— Nós vamos contar para os seus pais quando você estiver preparada. E para os meus também. Não vai ser fácil, mas acho que tanto eu quanto você temos experiência em desafiá-los.

Ela sorriu pela primeira vez desde que entrou pela porta do restaurante, o que fez algo se aquecer dentro de mim. Só então me dei conta de quanto amava seu sorriso.

Meu Deus, eu a amo!

Nós vamos ter um filho juntos.

Nunca imaginei que um porre de tequila fosse me levar tão longe.

Levantei e dei a volta, sentando ao seu lado. Envolvi Mariana em meus braços e a aconcheguei em meu peito. Um aroma doce de fruta vindo dos seus cabelos invadiu minhas narinas, o que me fez fechar os olhos, aproveitando o momento. Era bom tê-la comigo, fazia-me lembrar de como era fácil no passado, sem complicação. Éramos só nós dois e nada mais importava. Talvez, a partir daquele dia, aquilo retornasse.

Toda a minha apreensão, temendo que nossa relação nunca voltasse a ser como antes, tinha um motivo. Não voltaria mesmo. Mariana e eu estávamos marcados para sempre depois daquela noite. Embora ela não demonstrasse nada além de amizade por mim, a certeza do que tivemos aquele dia era mais forte do que qualquer minimização que eu tentasse vir a fazer para explicar o que houve. Nem o álcool fora capaz de apagar da minha memória a expressão de desejo em seu rosto, a forma como nos encaixamos de maneira tão perfeita e sincronizada. Era difícil acreditar que tudo aquilo fosse apenas uma criação do meu inconsciente.

— O que você está pensando? — Mariana interrompeu meu devaneio.

— Que sou um cara muito sortudo por ter um filho da minha melhor amiga — respondi, segurando seu queixo e beijando sua testa. — Vamos passar por isso juntos. Como sempre.

Ela deixou uma lágrima escapar e a enxuguei. Apesar de ter meu coração martelando no peito, tamanha a surpresa que tive com a notícia, não pude deixar de pensar que, talvez, com uma força do universo e daquele bebezinho, algo pudesse mudar entre nós. Para melhor.

Meu trabalho não rendeu nada depois daquela conversa. O dia passou se arrastando e quando cheguei em casa, arranquei minha roupa e me joguei na cama, completamente embolado em meus próprios pensamentos.

Tudo ainda parecia um pouco irreal para mim, confuso. Eu sabia que cada palavra que saíra da boca de Mariana era verdade, sabia que dentro dela habitava uma nova vida, algo feito por nós dois. Todavia, era difícil conectar tudo aquilo com minha realidade.

Eu tinha uma namorada que me amava, a qual eu não conseguia amar de volta. Não conseguia ser nem metade do que ela merecia. Para completar, como se não sentir o mesmo já não fosse uma decepção grande o suficiente, ainda a traí com minha melhor amiga e a engravidei. Estava há quase três anos com Lia e nunca me esquecia da camisinha, mesmo ela jurando estar tomando o anticoncepcional de forma correta. Meu medo de ser pai com a vida que eu tinha, de acabar ainda mais envolvido naquela relação que não sabia muito bem aonde chegaria era tão grande, que todo o cuidado era pouco.

Então, como se eu fosse a pessoa mais descuidada do universo, enchi a cara de tequila e dormi com Mariana, sem nenhuma proteção. Nada. Nem em meu corpo e muito menos em meu coração, que se encontrava destroçado de tantos questionamentos.

Conto para Lia sobre o que fiz ou espero mais um pouco? Falo a verdade para Mariana sobre meus sentimentos ou deixo para lá até que ela perceba?

Nunca fui o tipo de pessoa que adorava conflitos ou que se sentia realizado por ter que tomar as principais decisões. Passei a ter mais autoconfiança quando vim para São Paulo e tive que me esforçar para me virar sozinho, sem meus pais e sem meu irmão. Por isso, quando resolvi mudar, todo mundo ficou surpreso. Esperavam isso de Diogo, agora, de mim? Nunca.

Não foi fácil. No entanto, Mariana tornou tudo mais leve. Ela era assim, espontânea, divertida e linda.

Como demorei tanto para me dar conta de que há um bom tempo nossa amizade não era apenas isso para mim?

Por conhecê-la tão bem, era inevitável não perceber o quanto estava abalada com toda a mudança. Seria cruel da minha parte despejar nela todos os meus sentimentos, logo quando tudo estava tão confuso.

Entrei no chuveiro, tentando amenizar a velocidade dos pensamentos que me deixavam cada vez mais atordoado. Estava decidido, iria esperar a poeira abaixar, aguardar que Mariana estivesse segura e bem o suficiente para que eu pudesse contar a verdade para Lia. Sabia que não seria uma notícia fácil de dar e não conseguia imaginar nenhuma reação positiva, mas era meu dever com ela. Com as duas. Antes de toda aquela bagunça, éramos amigos, compartilhávamos muitos momentos. Talvez, houvesse uma chance de tudo terminar bem ou, na melhor das hipóteses, com o menor número de danos possíveis.

Poderia ao menos tentar.

Capítulo 11

Mariana

A conversa com Saulo não foi fácil. O susto, o medo e a angústia que minha revelação causou nele ficaram visíveis na sua expressão atordoada. No entanto, meu amigo era um cara muito especial. No final das contas, ofereceu o apoio que eu tanto necessitava. Daríamos um jeito de fazer aquela situação ser a menos estranha possível.

Confiante e mais aliviada, retornei para a emissora de TV e tentei focar minha atenção no trabalho. A tarde foi puxada e, quando cheguei em casa, eu estava exausta. Depois de um banho relaxante, liguei para Inácio e combinamos de tomarmos café da manhã juntos no dia seguinte. Precisava contar para ele que estava grávida de outro cara, mesmo que não tivesse a menor intenção de dizer, ao menos por enquanto, quem era o pai.

Demorei para dormir naquela noite, ansiosa com tudo e com receio de como meu namorado reagiria. Tentei me colocar em seu lugar. Se a situação fosse inversa, será que eu aceitaria continuar namorando, sem que isso nos abalasse, sabendo que ele tinha engravidado outra mulher?

Acordei um caco e, ao escovar os dentes, mais uma vez vomitei, o que comecei a achar que se tornaria uma rotina por um bom tempo. Ao menos, meu mal-estar não era devido a nenhuma doença, mas a uma vida que crescia dentro de mim, pela qual eu já tinha me afeiçoado, mesmo sabendo que ainda enfrentaria muitas dificuldades.

Depois de me arrumar, achei mais prático chamar um carro pelo aplicativo de celular do que ir no meu. Examinei, no espelho, meu rosto pálido e com olheiras que nem a maquiagem disfarçou. Então, afastei-me um pouco, para que eu pudesse me ver de corpo inteiro, e ergui a camisa. Ainda não dava para notar nenhuma mudança na minha barriga, mesmo assim, acariciei-a, imaginando como seria dali para frente.

Vai dar tudo certo! Suspirei fundo. Peguei minha bolsa e saí.

Quando cheguei na cafeteria em que combinamos de nos encontrarmos, logo avistei Inácio. De terno, lindo! Com as pernas um pouco trêmulas, caminhei até ele, que levantou ao me ver.

— Oi, princesa! Como vai? — Deu-me um beijo suave nos lábios. — Não tinha forma melhor para começar o dia do que essa.

Sorri, sem graça, sabendo que ele poderia me detestar dali a poucos minutos.

Sentamos e chamamos uma garçonete para fazermos nossos pedidos.

— Você parece apreensiva. Está acontecendo algo? — questionou, quando a moça se afastou.

— Eu preciso te contar uma coisa. — Remexi na cadeira, inquieta, nervosa.

— O que está te afligindo tanto? — Observou-me, cauteloso.

— Nem sei por onde começar... — Engoli em seco. Imaginei que fosse ser difícil, só não sabia o quanto.

— Tente do começo. — Deu uma piscadela, tentando descontrair o clima pesado que de repente se instaurou sobre nós.

— Eu estou grávida.

— Como? — Ele me encarou, parecendo confuso e indignado.

— Estou esperando um filho de um outro homem, de um relacionamento anterior ao nosso. — Enquanto eu falava, ele fechou os olhos e balançou a cabeça em negativa. Continuei mesmo assim. — Já tínhamos terminado, mas ficamos juntos uma última vez, na semana anterior a que te conheci — menti descaradamente.

— Uau! Por essa eu não esperava.

— Gosto muito de você, não suspeitei de nada antes, até que comecei a passar mal...

— Os vômitos. Agora sim aquele episódio lá em casa faz sentido — ele me interrompeu, as palavras saíram duras, seu semblante fechou. O desgosto era evidente.

— Depois daquele dia, eu fiquei bem, mas ontem voltei a vomitar. Daí, encontrei minha cartela de anticoncepcional e me dei conta de que a menstruação estava atrasada. Fiz um teste de farmácia, que veio positivo, depois, fui a minha ginecologista, que, com uma ultrassonografia, confirmou a gestação. Eu... eu... não podia imaginar — gaguejei, atordoada.

— Caramba, Mariana! — elevou o tom de voz e esmurrou a mesa, assustando-me e chamando a atenção de quem estava a nossa volta. — Estamos há mais de dois meses juntos e nunca rolou nada mais íntimo entre nós. Não por que eu não desejasse, mas porque você parecia evitar e eu respeitei seu tempo. Agora vem me dizer que está grávida de outro?!

Enquanto ele gritava, lágrimas tomaram meus olhos e comecei a tremer.

— Quem me garante que não me traiu? — continuou, transtornado. — Como posso confiar em você? Aliás, o que quer que eu faça, que eu assuma o filho de outro? Porra, garota! Que merda você fez?

— Inácio, por favor... — supliquei, sem nem saber ao certo o quê.

— Sinto muito. Não consigo lidar com isso. Terminamos aqui. — Levantou num rompante e saiu, deixando-me sozinha e desolada.

Chorei feito criança, a ponto de algumas pessoas se aproximarem para checar se eu estava mesmo bem. Eu não tinha condições de ir trabalhar daquele jeito, nem queria voltar para casa e ficar sozinha. Eu precisava de Saulo, só ele poderia me confortar naquele momento. Então, peguei o telefone e liguei.

Lia foi quem atendeu a chamada, para piorar um pouco mais a situação. Tentei disfarçar a voz embargada e pedi que ela passasse o telefone para ele.

— Oi, Mari! Tudo bem? — quando ouvi Saulo, meu coração aquiesceu.

— Acabei de contar para Inácio. — Soltei, sem nem ao menos cumprimentá-lo.

— E aí, como foi? — Ele pareceu aflito.

— Depois de gritar comigo, largou-me sozinha aqui na cafeteria. — Recomecei a chorar.

— Calma, não fique assim. Eu estou a caminho. Onde você está?

— Obrigada. Estou sem carro e sem condições para fazer qualquer coisa. Por favor, vem me buscar.

— Envia o endereço por mensagem que já já eu chego aí.

Desligamos e fiz o que ele pediu.

Enquanto o aguardava, fiquei pensando em tudo o que aconteceu e na reação de Inácio. Ele foi estúpido comigo, contudo, não poderia julgá-lo. Ele tinha razão. Por mais que sentisse desejo por ele, posterguei o quanto pude para que fôssemos para cama. Quando resolvi que era hora, vomitei todo o jantar maravilhoso que ele teve o trabalho de cozinhar para nós. Depois, passei mais algumas semanas fugindo de novas oportunidades de transarmos. E, então, contei que estava grávida de outro. O que eu poderia esperar? Provavelmente, no lugar dele, eu teria feito a mesma coisa ou até pior.

Que merda! Por que isso foi acontecer justo agora? Esfreguei o rosto, desconsolada.

Quando a garçonete apareceu com o café da manhã, pedi que embalasse tudo para viagem. Mesmo sabendo que eu precisava me alimentar, estava sem fome. Mais tarde me preocuparia com aquilo.

Cerca de meia hora depois, Saulo chegou, acompanhado de Lia, que não parecia muito contente com o fato de o namorado dela ter saído correndo para socorrer a melhor amiga.

— Ei, como você está? — Ele me envolveu em seus braços.

— Arrasada — confessei, sem pudores, apertando-me contra ele.

— Ah, pelo amor de Deus, Mari! — Lia se intrometeu na conversa. — Esse showzinho todo por conta de homem? Mais uma vez?

— Não fale sobre o que você não sabe — tentei me defender.

— Então conte o que aconteceu, talvez assim eu possa compreender melhor a razão de tudo isso. — Sua irritação era visível. No fundo, sempre teve ciúmes da minha amizade com seu namorado, mesmo quando não tinha motivos.

— Por favor, já chega! — Saulo interveio. — Vamos embora.

A despeito da cara feia de sua namorada, ele saiu da confeitaria abraçado comigo.

Dentro do carro, o clima continuava horrível. Saulo ligou o som, mas logo Lia o abaixou e virou para trás, para me olhar.

— Desculpa a forma como falei com você... Sabe como sou estourada — pediu, porém, eu já não tinha certeza de quão sincera ela estava sendo.

— Tudo bem. — Esbocei um sorriso.

— O que aconteceu entre você e Inácio para te deixar assim?

— Ele terminou comigo — contei, sem entrar em detalhes.

— O que houve? Pareciam se dar bem.

— Acabamos discutindo e, enfim, foi isso.

— Eu sinto muito. — Estendeu a mão para que eu a segurasse. — Quem sabe depois vocês conversam, de cabeça fria, e se entendem?

— É, quem sabe?! — Suspirei fundo e notei que Saulo me observava pelo espelho retrovisor.

Pouco depois, ele parou em frente ao trabalho de Lia. Os dois se despediram com um beijinho discreto nos lábios e eu troquei de lugar, saindo do assento traseiro para ocupar o do passageiro na frente.

— Desculpe, Mari. Ela insistiu em vir. Eu não queria... é... não consegui... — Saulo começou, passando as mãos nos cabelos, constrangido com a situação.

— Saulo, tudo bem. Eu entendo.

— Para aonde você quer ir? — meu amigo questionou, ao colocar o carro de volta em movimento.

— Queria desaparecer, mas preciso ir trabalhar. Pode me levar até a TV?

— Claro. E, Mari, não fique triste assim. Talvez Lia tenha razão. Você e Inácio ainda podem se entender.

— Acha mesmo? — elevei o tom de voz, irônica, irritada.

— Não precisa gritar comigo. — Ele me olhou, ofendido. Afinal, depois de tudo que estava fazendo por mim, eu o tratava daquele jeito.

Porém, eu estava com muita raiva de tudo e de todos. Se ele não tivesse aparecido na minha casa no dia do meu aniversário com aquela garrafa de tequila, nada daquilo teria acontecido.

— Eu tenho me culpado por termos transado, por ter engravidado. Tenho remoído todas essas coisas dentro de mim, só que, na verdade, a culpa é sua.

— O quê? Mari, ficou louca? O que está me dizendo?

— É verdade. Você estava para baixo aquele dia, reclamando de seu relacionamento, mas eu estava feliz. Tinha encontrado um cara bacana, pela primeira vez, e me fez estragar tudo! — gritei, fora de mim e comecei a chorar.

— Pelo amor de Deus, não faça isso. Do jeito que está falando, parece até que premeditei te levar pra cama e te engravidar, só para atrapalhar seu namoro. Jamais faria algo assim. Eu sempre quis o melhor pra você. Eu te amo, guria, entende isso? É minha melhor amiga.

— Ah, Saulo... — Enxuguei o rosto com as mãos. — Só me deixe no trabalho, por favor.

Mesmo magoado, assentiu e fez o que pedi.

Quando eu estava descendo do carro, ele segurou minha mão.

— Não planejamos, aconteceu. Por favor, não me culpe. Nunca vou te deixar sozinha, enfrentaremos isso juntos. Estou com um puta medo, mas tenho certeza de que não poderia ter mãe melhor para meu filho. — Beijou minha testa.

Com um arremedo de sorriso, anuí e desci.

Eu também estava com medo, apavorada, na verdade. Perdi o namorado, teria um bebê do meu melhor amigo e ainda enfrentaria a ira de Lia, quando soubesse, e a decepção de meus pais. Será que dava para piorar?

Capítulo 12

Saulo

A voz de Mariana me acusando ainda ecoava em minha cabeça, mesmo depois de dois dias. Toda a angústia e agonia em seu tom, a decepção em seus olhos. Queria acreditar que tudo aquilo era apenas hormônio, que estava confusa e triste pelo rumo que as coisas tinham tomado, mas algo dentro de mim parecia dizer o contrário. Será que Mariana realmente acreditava em tudo o que falou?

Estacionei na frente do apartamento de Lia e enviei uma mensagem, informando que já estava ali. Ela insistira muito para que eu pudesse acompanhá-la na inauguração do restaurante da prima e, mesmo que não fosse meu maior desejo para a noite, sentia-me em um saldo negativo com ela. Ok, ir jantar não anulava em nada engravidar a melhor amiga, porém disfarçaria meu desespero. Ou era esse o propósito.

No caminho até o local, ela comentava sobre seu dia de trabalho, contudo minha cabeça estava bem longe. *Por que Mariana não respondeu minhas mensagens? Ela ainda estava com raiva de mim?* Tentei espantar os pensamentos e focar no que Lia falava, mas nunca foi tão difícil me concentrar.

O lugar era intimista e de bom gosto. Sofia, *chef* de cozinha e prima da minha namorada, fez cursos renomados fora do país e decidiu abrir seu negócio na capital paulista, onde reformou uma casa abandonada no Morumbi para isso. Ela nos abraçou logo na entrada e nos levou até uma mesa próxima à janela que dava para um enorme jardim. A paisagem era mesmo bonita e aconchegante.

— Fiquem à vontade e, por favor, se gostarem da comida, convidem todos os seus amigos... Eu sei que vocês vão gostar. — Abriu um sorriso empolgado ao falar, afastando-se de nós para retornar à cozinha.

Pedi um vinho francês e, em poucos minutos, a entrada chegou.

— Ah, tem uma coisa que quero te perguntar... — Lia disparou, após bebericar o vinho, fazendo uma cara de aprovação.

— Pode falar.

— Tem alguma coisa errada com a Mariana?

Que droga! Por um curto espaço de tempo, acreditei que sairia ileso do jantar.

— Como assim? Por que a pergunta? — indaguei, tentando parecer o mais normal possível, mesmo que as pernas tenham ficado imediatamente inquietas debaixo da mesa.

— Eu a encontrei ontem de manhã naquela cafeteria que a gente sempre compra *croissant,* sabe qual? — Confirmei com a cabeça. — Precisei sair da fila para ajudá-la. Disse que a pressão caiu e estava muito enjoada. Você acha que ela pode estar grávida?

A frase de Lia saiu quase em câmera lenta para mim, o que não me impediu de levar um susto e engasgar com a droga de uma azeitona. Comecei a tossir descontroladamente e um garçom veio me servir água sob olhares de outros clientes preocupados.

Depois de controlado, bebi quase todo o líquido da taça e a encarei, com os olhos lacrimejando de tanto tossir.

— Você está bem?

— Sim, desculpa. Engasguei. — Limpei a garganta. — O que disse?

Com toda essa situação, não me surpreenderia se eu estivesse ouvindo coisas inexistentes também.

— Acho que Mariana pode estar grávida de Inácio.

Era a primeira vez que ficava feliz em ouvir o nome daquele cara.

— Por que você acha isso?

— Ela sempre ficou triste com término de relacionamento, mas daquele jeito que a vimos outro dia? Não pareceu estranho pra você? Ela estava desolada, chorando de soluçar. — Lia me fitou, concentrada, esperando meu retorno, como se valesse um milhão de reais.

Ela sabia que eu tinha a resposta. Conhecia o vínculo entre Mariana e eu muito bem. O que me levava a acreditar que, no fundo, ela desconfiava que eu estava mentindo, por algum motivo.

— Amor, Mariana é sensível demais. Qualquer coisa vira algo enorme para ela, você sabe. — Desviei o olhar, focando no que estava fazendo para não engasgar de novo.

— É, mas sei lá, tem algo estranho desta vez. — Mordeu o lábio inferior, pensativa. — Tanto quanto você engasgar com uma azeitona — debochou, sorrindo.

— Eu sou um cara estranho.

Devolvi a brincadeira e mudei de assunto, voltando a falar sobre trabalho para não correr o risco de cair naquela armadilha outra vez. Não era nada justo continuar mentindo, só que depois da reação de Inácio, o medo de que ela tivesse uma ainda pior me dominou. Precisava encontrar uma forma mais eficaz de contar sem causar tanto sofrimento. Porém, existia uma maneira amena de dizer que engravidei minha melhor amiga?

Após chegar em casa, depois de deixar Lia, minha cabeça parecia prestes a explodir. Sentia-me em um pesadelo sem fim, onde tudo o que eu fazia reverberava da maneira errada, nada funcionava e nunca conseguia chegar a lugar algum. As inúmeras mensagens que havia enviado para Mariana continuavam lá, ignoradas com sucesso. Então decidi ligar.

— *Sua chamada está sendo encaminhada para a caixa de mensagens...*

Merda!

Joguei o celular na cama e fui para o banho. Onde ela havia se metido? Por que estava se comportando daquela forma? Eu me esforçava para não pirar, para tentar fazer o certo para todo mundo, só que o sofrimento nunca chegava ao fim. Queria apoiar Mariana, porém ela me ignorava. Queria ser verdadeiro com Lia, porém, o medo me invadia de tal forma que o pânico me dominava.

Passei a noite em claro, elaborando discussões, pensamentos e momentos que precisaria enfrentar uma hora. Todavia nenhum deles se equiparava a preocupação de não saber o que estava acontecendo com Mariana. Precisava resolver aquilo ou enlouqueceria.

Cheguei ao trabalho pela manhã com uma olheira monstruosa. A ressaca moral era a pior de todas. Pedro me parou na sala e perguntou se estava tudo bem, e a atitude dele me fez refletir antes de poder dar qualquer resposta pronta, que era o que eu faria em um dia normal.

Mas nada se encontrava normal na minha vida.

Ninguém perguntou como eu estava me sentindo com tudo aquilo. Lia não sabia e não poderia prever, no entanto, Mariana... ela me culpou, foi embora e não retornava minhas ligações ou mensagens. Por mais que tentasse compreender que o que ela estava passando, sem sombra de dúvida, era muito pior do que para mim, eu também fazia parte daquela história. Também fui pego de surpresa, tive minha vida chacoalhada e jogada para o alto. Estava prestes a perder um relacionamento por aquela enorme mentira e traição, e ter minha vida mudada para sempre por ter um filho com Mariana. E se nossa relação não resistisse a isso também?

— Quer saber, Pedro. Não estou, não. Na verdade, não estou nada bem, um lixo. Uma merda — desabafei com meu colega, que olhou para trás para ver se alguém mais ouvira tudo aquilo.

Pedro fechou a porta atrás de si e sentou ao meu lado, confuso.

— Tem algo errado?

— Eu engravidei minha melhor amiga e ela está com raiva de mim, minha namorada não sabe disso, e estou fodido até a cabeça. Eu sei que você não tem nada a ver com isso, só que é a única pessoa do meu ciclo de amizades com quem posso falar, já que não conhece nenhuma das duas e não corro o risco de me ferrar ainda mais, desculpa.

Passei uma das mãos nos cabelos, nervoso. Depois de soltar tudo aquilo em voz alta, algo dentro de mim se libertou e consegui respirar aliviado. Falar era mesmo milagroso.

— E o que vai fazer? — Pedro se limitou a perguntar.

— Não faço a menor ideia. Estou tentando consertar as coisas, mas parece cada vez mais difícil.

Ele recostou a cabeça na cadeira e encarou o teto por alguns segundos, que pareceram uma eternidade, tamanha era a minha ansiedade. Queria muito que alguém pudesse me dar uma solução ou que, pelo menos, ajudasse-me a construir uma plausível.

— Cara, queria poder te dar um conselho, mas sou péssimo com isso. O último que dei fez minha irmã largar o emprego e agora ela está há um ano desempregada. — Arregalei os olhos, apavorado. Minha vida não poderia piorar ainda mais. — Você está mesmo ferrado, Saulo.

Ótimo!

Era tudo o que eu precisava ouvir.

Ele levantou da cadeira, seguindo em direção à porta.

— O que te falei aquele dia continua valendo, meu amigo. Nada acontece por acaso.

E saiu da sala, deixando-me sozinho com meus próprios pensamentos. Ele não sabia mesmo dar conselho, mas também não estava errado quanto aquilo. Algo aconteceu e não foi por acaso.

Era o que eu precisava acreditar.

Capítulo 13

Mariana

Passei uma semana me lastimando por tudo que estava acontecendo, chorei várias noites, desolada. Perdi o namorado, briguei com Saulo, que tentou me ligar várias vezes, mandou mensagens, mas ignorei, e sabia que em breve seria a vez de Lia me desprezar. Depois de ter passado mal na frente dela, provavelmente já suspeitava de que eu estava grávida. Quando descobrisse quem era o pai, além de querer me matar, acabaria com nossa amizade, não tinha dúvidas.

Oh, mundo cruel! Em um estado deplorável, sozinha em plena noite de sábado, funguei, tentando me recuperar de mais uma crise de choro e enxuguei o nariz nas mangas da camisa do pijama.

De repente, o interfone tocou. Hesitei em atender, porém, quando o porteiro avisou que Inácio estava pedindo para subir, fiquei sem reação.

O que ele estava fazendo ali depois de tudo que me disse aquela manhã na cafeteria? Será que queria me maltratar mais um pouco? Não tinha sido o suficiente?

Tentei inventar uma desculpa para não o receber, no entanto, ele insistiu e acabei cedendo.

Nem me dei ao trabalho de trocar de roupa ou lavar o rosto para ficar mais apresentável. Ao abrir a porta, já pronta para o contra-ataque, deparei-me com um vaso de lírios nas mãos de um negro lindo de morrer e com cara de arrependido.

— Eu vim pedi perdão. — Entregou-me as flores. Seus olhos suplicantes se grudaram aos meus.

— Não precisava se dar a esse trabalho.

— Posso entrar?

Com cara de poucos amigos, dei espaço para que passasse e apontei o interior, indicando o sofá para que se sentasse. Ele fez o que sugeri e, depois de colocar a planta sobre a mesa, acomodei-me ao seu lado, a uma distância considerável.

— Mari, desculpa por todas as coisas que te falei em nosso último encontro. Eu me deixei cegar pela raiva e fui rude com você. Nem ao menos me preocupei em como se sentia. Imagino que estava apavorada e, ao invés de tentar compreendê-la e apoiá-la, eu a abandonei.

Suas palavras me emocionaram e lágrimas teimosas brotaram mais uma vez. Já nem sabia se estava tão vulnerável por conta do efeito dos hormônios da gestação ou pelos últimos acontecimentos. Tentei enxugar meu rosto com as mãos e, então, ele se aproximou, envolvendo-me em seus braços fortes.

— Me perdoa — sussurrou ao meu ouvido.

Eu queria dizer que sim, mas havia um nó em minha garganta que só se desmanchou depois que extravasei minha aflição num choro descontrolado.

— Shhh... Vai ficar tudo bem. — Ele tentou me acalmar. — Se ainda me quiser, estarei ao seu lado, darei o suporte que for preciso e, inclusive, estou disposto a assumir essa criança como meu filho.

Sua declaração me confortou e eu só pensava que não o merecia. Inácio era um homem ainda melhor e mais maravilhoso do que eu supunha.

— Que tal lavar o rosto? — Beijou o topo da minha cabeça, carinhoso.

— Eu vou tomar um banho e tentar melhorar esse meu visual lastimável. — Afastei-me um pouco. — Você me espera?

— Claro. E só para constar, mesmo com a cara inchada e vermelha, descabelada e de pijamas, continua linda. — Sorriu, galanteador.

Neguei com a cabeça, fiz um carinho em sua face e levantei.

— Deve estar com fome, né? Posso mexer na sua cozinha e preparar algo para comermos?

— Fique à vontade. — Segui para o banheiro e, ao olhar para trás, o vi abrindo a geladeira.

Obrigada por esta chance, Senhor! Agradeci a Deus, mentalmente.

Depois de alguns minutos, retornei com um vestido soltinho, ainda de cabelos molhados, sem qualquer maquiagem e calçando sandálias rasteirinhas.

— Que cheirinho gostoso! — elogiei, ao me aproximar.

— Fiz omelete e suco de laranja. Continua tendo enjoos?

— Está melhorando. Nos últimos dias, vomitei poucas vezes. Retornei a ginecologista ontem para levar uns exames e ela me explicou que os episódios são piores no primeiro trimestre da gravidez, mas depois ficam menos intensos.

— E está tudo bem com você e o bebê? — Olhou-me, cauteloso.

— Sim. — Sorri. — Obrigada por estar sendo tão atencioso.

— Se deixar, cuidarei de vocês. — Acariciou meus braços e depois segurou em minha cintura.

— Deixo e quero. — Fiquei na pontinha dos pés para beijar seus lábios.

Inácio me envolveu e correspondeu com intensidade.

Quando nos afastamos, ele puxou uma cadeira para que eu me acomodasse e me serviu.

— Desse jeito, vou ficar mal-acostumada — brinquei, arrancando-lhe um belo sorriso.

— Será um prazer mimá-la, princesa.

Enquanto comemos, ele me fez várias perguntas relacionadas a gravidez, ainda quis saber como estava me sentindo no trabalho e, para meu alívio, não questionou nada sobre o pai do meu filho. Ao final da refeição, combinamos de passarmos o domingo juntos.

Quando foi embora, a sensação que eu tinha era que minha esperança se renovara.

Inácio me buscou cedinho no dia seguinte e tomamos café da manhã na minha cafeteria preferida. Depois fizemos uma caminhada no parque Villa Lobos e de lá fomos para o apartamento dele, pois insistiu que queria fazer almoço para nós. Parecendo preocupado com que eu tivesse uma alimentação saudável, o que achei fofo, decidiu preparar uma sopa de frango, macarrão integral e legumes. Apesar de eu ter oferecido ajuda, dispensou e sugeriu que eu descansasse um pouco, colocasse as pernas para cima e até me emprestou uma roupa para que pudesse tomar uma ducha e ter com o que me vestir depois.

Após o banho, coloquei a camiseta dele, que me serviu como um vestido, sem nada por baixo. Então me lembrei da noite em que estive ali, dos planos que fiz, imaginando como seria me entregar a ele e os pensamentos me deixaram excitada. Inácio, além de tudo, era um homem muito *sexy*.

Vai ser hoje! A ideia surgiu em minha mente, aquecendo-me. Eu o queria, não tinha motivos para esperar mais, além do que, dentro de alguns meses, a barriga cresceria e, na certa, não me deixaria muito confortável para aquele tipo de intimidade.

Quando retornei para a sala, ele já estava arrumando a mesa.

— Uau! Você ficou muito gata assim. — Parou o que fazia para me observar.

— Bobo. Deixa que eu termino isso aí, vá se refrescar também.

— Está certo. — Ele me mostrou onde estavam os pratos e talheres e se retirou.

Após alguns minutos, voltou apenas de bermuda, descalço, como eu, e com o peito nu.

Percorri seu tórax e abdome trincado com os olhos, umedecendo os lábios, subitamente ofegante.

— O que foi? — Ergueu uma sobrancelha e a voz saiu mais baixa e rouca que o normal.

— Talvez o almoço possa esperar mais um pouco. — Estreitei nossa distância, provocante.

— Ah, Mari, não brinque assim comigo. — Atordoado, segurou em minha cintura.

— Eu quero isso tanto quanto você — disse, determinada.

— Não terá problema para o bebê? — questionou, receoso. Sua respiração errática denunciava o duelo interior entre desejo e razão.

— Nenhum, a médica me garantiu, fique tranquilo.

— Que ótimo... — Nem deixei que ele falasse mais nada e tomei sua boca na minha.

Com urgência, desvencilhamo-nos do pouco que vestíamos. Nossas mãos curiosas e sedentas exploraram o corpo um do outro. Inácio me pegou no colo e me levou para a cama. Com cuidado e devoção, fez-me sua. O sexo foi intenso e terno ao mesmo tempo. Quando desabamos exaustos, suados e ofegantes, após atingirmos o clímax, eu, pela segunda vez, agradeci ao universo por estar atendendo o meu pedido. Ainda não o amava, mas gostava muito dele, além de sentir um carinho enorme, e ficava encantada pela forma como ele me tratava. E o melhor de tudo era saber que havia reciprocidade.

Na segunda-feira, decidi que já era hora de me entender com Saulo, não poderia continuar zangada com ele, quando estava tão feliz por reatar meu namoro. Com receio de ver Lia, achei melhor conversarmos no meu apartamento, então, liguei, pedindo que nos encontrássemos no final do dia.

Ele chegou meio sem graça, olhando-me ressabiado.

— Desculpa, agi como uma idiota aquele dia. — Segurei sua mão logo que nos sentamos no sofá. — Fui estúpida ao jogar em cima de você a culpa do término do meu relacionamento, ainda mais depois de ter ido ao meu socorro.

— Está tudo bem. — Apesar de suas palavras, parecia magoado. — Como tem passado?

— Estou ótima. Os enjoos abrandaram, fiz os primeiros exames de sangue, que estavam todos normais.

— Eu gostaria de poder participar mais, de te acompanhar na rotina pré-natal.

— Claro. Pode deixar que te avisarei com antecedência das próximas vezes que for à ginecologista.

Ele assentiu.

— Como estão as coisas entre você e Lia?

— Boas, na medida do possível. Aliás, ela me contou que te encontrou, falou do seu mal-estar, e a primeira pergunta que fez foi se eu achava que você estava grávida. — Fez uma careta, como se sentisse dor.

— O que respondeu? — Encarei-o, assustada.

— Desconversei, fique tranquila. E o Inácio te procurou depois daquele dia?

— Ele veio aqui me pedir perdão e acabamos reatando o namoro. — Não consegui esconder o entusiasmo.

— Ah, é? Que bom.

Estreitei as pálpebras, intrigada, pois apesar da resposta, não me pareceu muito feliz com o que ouviu.

— Você está estranho...

— Só estou cansado. — Seu semblante abatido me preocupou, mas achei melhor não insistir. — Eu já vou, só vim mesmo saber como você estava, depois conversamos mais. — Fez menção de levantar e eu o segurei.

— Só mais uma coisa. — Encaramo-nos. — Pela nossa amizade, não diga nada a ninguém que o filho que estou esperando é seu, ok? Pelo menos por enquanto.

Um brilho triste reluziu em suas íris verdes, fazendo um incômodo apertar meu peito.

— Pode deixar. Guardarei nosso segredo. — Depois das palavras ditas com amargura, despediu-se e foi embora.

Joguei-me no sofá e fiquei encarando o teto. O que estava acontecendo, afinal? Era para estarmos felizes, já que as coisas aos poucos retornavam para a normalidade, mas, por que aquela angústia toda ainda nos rodeava?

Capítulo 14

Saulo

Nossa amizade não parecia mais a mesma, isso era um fato.

Por mais que tentássemos voltar ao que erámos antes, algo estava travado entre nós dois. Quando Mariana me pediu para não falar nada sobre ser o pai do bebê, mesmo sabendo, no fundo, que ela estava certa naquele momento, afinal, ainda não havia sequer contado para Lia, alguma coisa se quebrou dentro de mim. Senti-me estupidamente excluído.

Tentei ignorar a frustração que insistia em permanecer enfincada em meu peito, espantar os pensamentos que tanto me afligiam, no entanto, era muito mais fácil na teoria do que na prática. Algumas semanas se passaram, e eu tentava manter um contato frequente com ela, apesar do excesso de trabalho na empresa. Ligava todas as noites para saber como estava, mas percebia que nosso assunto não passava disso, o que era novo e estranho para mim que, independente das circunstâncias, sempre me senti próximo.

Inácio era um assunto recorrente nas ligações. Ela falava sobre os presentes que recebera dele, sobre os passeios, trabalho e em como ele estava se esforçando para lidar com tudo aquilo.

Eu também me esforço, Mari.

Queria dizer, mas acabava soando ciumento demais na minha cabeça e deixava para lá. Não queria afastá-la outra vez. Meu celular vibrou na mesa de cabeceira assim que me deitei para dormir:

Esqueci de te falar na ligação, amanhã cedo tenho um exame médico. É no horário de trabalho, então, conto como foi depois. Amo você.

Aquele era um bom sinal!

Pensando nisso, desliguei o abajur e decidi descansar. Dormir com a ideia de surpreendê-la era melhor do que lidar com minhas próprias frustrações. Eu poderia mudar isso, conhecia a Mari como ninguém.

Pela manhã, preparei-me para sair mais cedo de casa e enviei uma mensagem para o meu chefe, informando um imprevisto e o possível atraso. Peguei minhas coisas e dirigi até a casa de Mariana, empolgado com a ideia de acompanhá-la.

Estacionei em frente ao prédio e, como tinha a chave e passagem direta com o porteiro, que me conhecia há muitos anos, toquei a campainha do apartamento, ansioso.

Mariana abriu, a expressão de surpresa dominou seu rosto. Estava com um vestido azul e penteava os cabelos recém-lavados.

— Saulo? O que houve? — Recurvou as sobrancelhas, em dúvida, mas fez sinal para que eu entrasse.

Beijei sua bochecha e o cheiro doce do xampu me invadiu, trazendo lembranças pouco apropriadas.

— Vim te levar para o exame. — Sorri para ela, jogando-me no sofá.

Mariana atravessou a sala e se aproximou de mim, sacudindo os fios loiros e deixando o pente na mesa de centro.

— Como assim? Eu te falei que iria, mas você não precisava fazer isso.

— Tudo bem, Mari. Eu quis. Quero te acompanhar — expliquei. — Já avisei meu chefe que vou me atrasar.

— Eu sei que a gente combinou que você participaria, mas é que Inácio me implorou para ir neste exame, então, como ainda temos muitos pela frente, pensei que ele poderia ir comigo desta vez.

Algo pareceu embolar meu estômago e atirá-lo contra a parede. Minhas pernas bambearam e dei graças a Deus por estar sentado. Estralei os dedos, incomodado. Ela preferiu levar Inácio com ela, um cara que acabara de conhecer, do que ir comigo, que além de seu melhor amigo era o pai daquela criança que ela esperava?

— Ah, eu não sabia que ele ia — bufei, inconformado.

— Desculpa, Saulo. Eu devia ter te avisado.

Levantei, pronto para ir embora, humilhado e constrangido por pensar que havia uma pequena possibilidade de fazer aquilo dar certo.

— Se você preferir, posso passar a certidão de nascimento para ele também. É só me avisar.

Passei por ela, irritado. Como tinha a cara de pau de fazer isso comigo? De me excluir de algo tão especial para mim sem avisar e ainda colocar outra pessoa no meu lugar?

— Do que você está falando?

— Disso tudo. Parece que Inácio virou o pai do bebê que eu fiz — exasperei, puto da vida. — Quer saber de uma coisa, Mariana? Parece que todos os nossos anos de amizade, companheirismo e reciprocidade não estão valendo de nada desde que esse Inácio entrou na sua vida. Eu sempre te apoiei em tudo, sempre estive aqui para te ouvir desabafar e chorar quando algum babaca destruía seu coração. Aí chega o cara que idealizou nos seus sonhos de adolescente e você me joga pra escanteio. É isso que eu recebo.

— Eu não estou te excluindo de nada, Saulo. Deixa de ser idiota. Só estou dando a chance de Inácio participar de algo que é importante pra mim. Ele quer isso.

— Isso também é importante pra mim, Mari. Eu também quero esse bebê. Ele é meu filho, mesmo que você tenha se apaixonado por esse cara. Ele é apenas seu namorado, eu sou o pai dessa criança — gritei tudo que estava entalado em minha garganta.

Encaramo-nos por segundos que pareceram horas, como se duelássemos. Os olhos de Mariana se arregalaram de uma forma que nunca imaginei ser possível, e eu acompanhava o movimento dos seus lábios como um viciado. Eu a amava, ela era minha melhor amiga, mas precisávamos encontrar uma forma justa de lidar com o que fizemos. Eu não perderia fácil assim.

— Você tem que contar para ele que eu sou o pai.

— O quê? — Mariana se aproximou de mim.

— Se ele quer participar disso, você precisa falar a verdade logo.

Ela seguiu até a porta e a abriu, nitidamente irritada.

— Quero ficar sozinha — falou, apontado para a saída.

Ela estava me expulsando pela segunda vez do seu apartamento, algo que nunca imaginei que pudesse acontecer. Onde foi parar nossa amizade? Todo o carinho que nutrimos por anos um pelo outro? O que estávamos fazendo?

Passei pela porta e aproximei meu rosto do dela, olhando-a profundamente magoado. Sentia que ia desabar a qualquer momento só por tê-la tão perto de mim.

— Eu sei que você se arrepende do que aconteceu entre nós dois. Sei que não fizemos as melhores escolhas naquela noite. Mas eu amo você, Mari, e prezo muito pela relação que construímos, só que me conhece o suficiente para saber que não vou aceitar ser passado para trás. Por favor, conte para Inácio.

Atravessei o corredor sem titubear, mesmo sabendo que tudo o que eu queria era voltar e tomá-la em meus braços. Não fazia a menor ideia do que aconteceria dali para a frente, não queria magoá-la e muito menos afastá-la de mim. Ela precisava entender que eu também queria viver aquilo, que eu também fazia parte. Tomei a consciência, então, de que ela até poderia ter se arrependido da nossa noite juntos, mas eu não. De uma maneira quase cruel, algumas dores são necessárias para nos fazer enxergar além.

A cada dia que passava, sentia-me mais irritado e estressado. Ninguém tinha culpa daquilo, apenas eu, que criara uma expectativa enorme para algo que sequer aconteceria. Esconder tudo de Lia estava ficando cada vez mais difícil, já que ela percebia minha constante mudança de humor e toda a tristeza que parecia emanar de meus poros.

Não tinha sido totalmente justo na forma como falei com Mariana na casa dela e as lembranças pareciam me devorar por dentro, porém, estava magoado demais para elaborar palavras menos agressivas ou tentar me desculpar.

O trabalho me consumia cada vez mais, a sobrecarga me deixava exausto e a semana passou sem que eu nem percebesse. Havia combinado com Lia de ir ao cinema assistir a um lançamento que ela tanto queria ver, pois, mesmo que minha cabeça estivesse implorando por sossego, sabia que me sentiria mal se não fosse. Ela já estava sendo paciente demais.

Fomos até o Pátio Higienópolis e compramos os ingressos, mas ainda tínhamos um tempo antes do filme. De mãos dadas com Lia, caminhei pelas lojas e paramos em algumas para ela ver algo que chamara a atenção.

Minha cabeça estava longe dali. Na verdade, longe de qualquer lugar que não fosse na garota vindo em nossa direção.

Mariana e Inácio caminhavam devagar e Lia se aproximou, puxando-me pelo braço. Era estranho vê-la no shopping mais perto da minha casa do que da dela, porém ignorei o pensamento.

— Olha, que coincidência encontrar vocês por aqui... juntos... — Lia comentou, abraçando Mariana e, em seguida, Inácio.

Cumprimentei-o com um aceno de cabeça e beijei de uma forma bem desengonçada e estranha a bochecha da minha melhor amiga. Ela parecia tão desconfortável quanto eu, mas ambos firmamos um sorriso no rosto.

— É, Inácio queria ver uma loja que só tem aqui neste shopping, na verdade. — Deu de ombros. — Como vocês estão?

— Estamos bem, viemos ver um filme.

— Ah, que legal. Talvez possamos ver juntos, se der tempo — Inácio sugeriu e travei o maxilar com a ideia de vê-lo beijando Mariana durante uma sessão inteira.

Ele não me parecia o tipo de cara comedido, notei isso pela quantidade de acessórios de marca que ele estava usando junto com a roupa.

— Na verdade, o filme já vai começar. Ainda precisamos comprar a pipoca. Quem sabe a gente não se encontra depois, para comer algo. Bom, foi um prazer encontrar vocês... Se cuida, Mari. — Encarei-a e ela desviou o olhar, agradecendo com um aceno.

Arrastei Lia pelo corredor do shopping em direção ao cinema. Ela olhou para trás algumas vezes, mas só desacelerei o passo quando mantive uma boa distância dos outros.

— Isso sim foi estranho — comentou, enquanto caminhávamos.

— O quê?

— Você e Mariana. O que houve?

— Como assim? — Revirei os olhos. — Nada, ué. Que pergunta é essa agora?

— Vocês brigaram? — ela continuou questionando e não parecia querer desistir.

— Não, claro que não.

Ela parou, de supetão, soltando minha mão e me obrigando a encará-la.

— O que foi, Lia? O que você quer? — perguntei, já sem muita paciência.

A última coisa que eu estava esperando para a noite era encontrar Mariana desfilando com o "ladrão de filhos" por aí.

— Aconteceu alguma coisa entre vocês dois e ninguém me contou. Nem você, nem ela.

Aproximei-me, segurando sua mão e voltei a seguir para o alvo final, o cinema.

— Para de bobeira, não é nada. Mariana falou umas coisas que não gostei, e acabamos tendo uma discussão idiota. Só isso.

Eu sabia que não a tinha convencido, entretanto, o filme começaria em poucos minutos e precisávamos nos apressar, o que ajudou a cortar o assunto. Pelo menos, passaria uma hora e meia em silêncio, rindo de algo que não era minha própria vida, que, como diria aquela velha e famosa frase popular, "seria cômica se não fosse trágica".

Talvez, aquilo pudesse amenizar a angústia que passara a fazer parte de mim.

Capítulo 15
Mariana

O tempo estava passando depressa e logo notei as primeiras mudanças no meu corpo. Os seios um pouco maiores e a barriguinha de grávida começando a aparecer.

Era final de tarde de uma quarta-feira, eu tinha acabado de chegar do trabalho e fui direto para o banheiro. Só me dei conta de que esqueci os chinelos de borracha quando já estava toda molhada, então, deixei para lá, o que foi um grande erro.

Depois de me secar, envolvi-me na toalha e, assim que saí do box, levei um escorregão, torci o pé e, antes de cair, bati a testa na pia. Minha visão ficou turva e uma dor lancinante quase me impedia de respirar.

Tentei me reerguer, desorientada, porém, a quantidade enorme de sangue que jorrava me deixou em pânico. Eu precisava de ajuda.

Saulo. Meu amigo foi a primeira pessoa em que pensei. Peguei a toalha de rosto, comprimi contra o corte e me arrastei do jeito que consegui até o quarto, para pegar meu celular. Trêmula, digitei depressa.

— *Oi, Mari.* — Por sorte ele atendeu após o primeiro toque.

— Eu caí no banheiro de casa e me machuquei. Pode vir até aqui agora? — despejei de uma vez e, com medo de que pudesse ter acontecido algo com o bebê, comecei a chorar.

— *Ah, meu Deus! Fique calma, estou indo aí. Quer que eu chame uma ambulância?*

— Não, mas quero que me leve a um hospital, porque, pelo tanto que sangrou, provavelmente precisarei de uns pontos na testa e quero fazer uma ultrassonografia, para ver se está tudo bem com nosso filho.

— *Está certo. Em pouco minutos chego aí. Consegue abrir a porta para mim ou prefere que eu leve aquela chave que me deu, para casos de emergência?*

— Traga a chave, por favor, porque está difícil andar sozinha, torci o pé também.

Ele concordou e se despediu. Desliguei e deitei na cama, respirando fundo para tentar me acalmar.

Conforme prometido, Saulo não demorou a chegar, o que me deixou até um pouco culpada, porque, para ter sido tão rápido, deveria ter ultrapassado todos os limites de velocidade permitidos.

— Mari — chamou logo que abriu a porta da sala.

— Estou no quarto — gritei para que me ouvisse.

Olhou-me assustado ao entrar.

— Deixa-me ver isso. — Aproximou-se e com cuidado retirou a toalha para examinar o corte. — Ainda tem aquela caixinha de primeiros socorros? — questionou, com o semblante sério, preocupado.

— Tenho sim. Está na primeira porta do guarda-roupa.

Ele foi até lá e a pegou.

Embebeu algumas gazes em antisséptico e passou sobre o ferimento, o que me fez gemer.

— Está doendo aqui?

— Só um pouquinho. O pé é que incomoda mais.

Em seguida, fez um curativo apertado, o que conteve o sangramento, e logo se pôs a verificar meu tornozelo.

— Está muito inchado.

— Eu torci quando escorreguei e tentei me equilibrar.

— Vou te ajudar a se vestir para podermos ir a um hospital.

Assenti e o orientei que roupa pegar.

— Quer que eu saia para poder se trocar? — Sua pergunta gentil e carinhosa me fez esboçar um sorriso.

— Não precisa, afinal, não tem nada aqui que nunca tenha visto. — Ele corou ao ouvir meu comentário.

Saulo era tão branquinho que toda vez que ficava envergonhado ruborizava. Meu amigo era lindo, parecia o Rodrigo Hilbert, não só no aspecto físico, mas no jeito de bom moço também. Eu tinha certeza de que seria um pai maravilhoso. O que me fez pensar que fui bem idiota com ele em nossos últimos encontros, tinha certeza de que ele também estava se esforçando para fazer tudo dar certo com nossa situação.

Que esteja tudo bem com nosso bebê. Fiz uma prece a Deus em pensamento.

Meia hora depois, eu era atendida no pronto-socorro mais próximo do prédio onde morava. Conforme imaginei, levei alguns pontos e ainda me colocaram uma tala gessada na perna. O médico explicou que não havia sinal de fraturas, mas a imobilização era necessária mesmo assim. Como tinha uma abertura na frente, dava para retirar na hora do banho e eu poderia, inclusive, substitui-la depois por uma tala ortopédica, do tipo bota, já que teria que usar o aparato por pelo menos quinze dias.

— Tenho mesmo que ficar esse tempo todo com isto, doutor? — questionei, indignada.

— Infelizmente foi uma entorse grave. Além de aliviar sua dor, queremos evitar problemas futuros nos ligamentos dessa região. Vou te dar um atestado para se afastar do serviço por duas semanas. Procure fazer repouso e manter a perna para cima o maior tempo possível. Passados sete dias deverá vir retirar as suturas da testa e, então, aproveitaremos para avaliar o tornozelo.

— Está bem. — Suspirei, derrotada.

— Pode deixar que eu mesmo cuidarei dela e garantirei que siga a orientação — Saulo se manifestou e eu revirei os olhos.

O médico concordou, satisfeito. *Homens!*

— Aguarde aqui mais uns instantes que logo será chamada para fazer a ultrassonografia.

Despediu-se de nós e se retirou.

— Sou mesmo muito azarada — reclamei. — Imagina ficar quinze dias com a perna para cima?! Era só o que me faltava...

— Ei, não diga bobagens. Podia ter sido grave, sabia? — Saulo abaixou-se à minha frente, eu estava sentada em uma cadeira de rodas, no corredor. — Para ser bem honesto, estou aliviado que só tenha tido um corte pequeno e uma torção. Nunca ouviu falar de gente que caiu no banheiro, bateu a cabeça e morreu?

Achei graça da sua aflição.

— Não acredito que está rindo. — Levantou resmungando e cruzou os braços, chateado.

— É que você é muito fofo, o melhor amigo do mundo!

Meu elogio desmanchou a cara feia que ele tinha feito para mim.

— Ah, Mari, quando me ligou, eu quase enlouqueci só de pensar no que poderia ter acontecido. Falei sério sobre cuidar de você. Não acho seguro que more sozinha machucada e, ainda por cima, grávida. Cadê seu namorado?

— Está viajando... — Fiz careta.

— Pelo visto, ele fica muito fora da cidade.

Anuí, desconcertada, e Saulo respirou pesado, afundando os dedos nos cabelos claros, como se estivesse decidindo o que fazer.

Aguardei que ele refletisse, curiosa. Ele se abaixou novamente.

— Eu vou morar com você.

— Como? — Encarei-o, perplexa. Ele só poderia estar de brincadeira.

— Vou me mudar para seu apartamento pelo menos até o bebê nascer, para poder te ajudar com o que precisar e para que não fique sozinha. Não temos família aqui, então, por favor, não me diga que não posso fazer isso.

— Ah, meu Deus... Está mesmo falando sério, né? — Ri, sem humor.

— Muito. — Ele era a determinação em pessoa.

Como dissuadi-lo daquela ideia absurda? Afinal, Saulo estava certo, eu não tinha mais ninguém para recorrer, principalmente quando Inácio viajava. Meu namorado não iria gostar quando soubesse, muito menos Lia, contudo, era melhor eu aceitar o que meu amigo me oferecia.

— Está bem... — concordei, por fim, e ele abriu um enorme sorriso.

— Eu te amo, guria, e jamais me perdoaria se algo ruim lhe acontecesse. — Abraçou-me do jeito que deu.

Não demorou para que eu fosse levada para o exame. Saulo ficou segurando em minha mão e, ao ouvirmos o coraçãozinho do nosso bebê, lágrimas escorreram por nossas faces. Quando a médica garantiu que estava tudo bem, entreolhamo-nos cúmplices. Toda a estranheza dos últimos tempos sumiu, voltamos a ser o que sempre fomos e, dali em diante, estaríamos mais unidos que nunca, por um laço eterno, um filho que, mesmo que fosse muito inesperado, já era muito amado.

Capítulo 16
Saulo

Passei em minha casa para fazer uma pequena mala antes de ir para a da Mariana. Ela ficou me esperando no carro e eu corri até o apartamento e joguei meu material de trabalho, de uma forma nada organizada, dentro da bolsa. Coloquei algumas cuecas, itens de higiene pessoal, pijama e roupas. Como não morávamos tão longe, poderia vir em casa buscar algo quando precisasse.

Estava trêmulo desde que ela me ligara e ainda podia sentir meu coração palpitando próximo aos meus olhos. Fiquei tão desesperado que furei alguns sinais de trânsito, chegando mais rápido do que imaginei. Saber que ela estava bem me fazia respirar aliviado, entretanto, tudo mudou quando notei a fragilidade em seu rosto, o medo e a angústia que ela sentiu ao passar por tudo aquilo.

Não poderia deixá-la experienciar outra situação como aquela. O tal namorado bonitão, inteligente e bem-sucedido sequer estava disponível quando ela mais precisava. Pensar em tudo aquilo me levou a tomar aquela decisão, e sabia que não me arrependeria. Era para o nosso bem, para o bem do nosso filho.

Nosso filho.

Foi o que ela disse ao telefone e aquilo fez algo dentro de mim se aquecer. Ouvir aquele coraçãozinho tão pequeno bater tão forte me virou de ponta cabeça, chacoalhou-me por completo e me tirou do eixo.

Mesmo machucada, Mariana estava cada vez mais linda. Não sabia se aquilo tinha alguma coisa a ver com a gravidez, hormônios, ou se foi pelo fato de conhecer cada parte do seu corpo de uma forma tão íntima... Além do mais, estar naquele hospital ao seu lado, segurando sua mão enquanto via pela primeira vez nosso filho, fez-me ter a certeza de que estava no caminho certo.

— Você vai mesmo fazer isso? — ela questionou pela terceira vez quando voltei para o carro.

— Não tenho a menor dúvida.

— Ainda acho um exagero...

— Fala sério, Mari. Vai ser divertido. Já moramos juntos antes, vai ser como nos velhos tempos... — brinquei, e ela me mostrou a língua.

— Sim, só que agora estou com o pé ferrado e grávida. Detalhe!

Era bom ter conversas leves outra vez com ela, sem toda aquela discussão ou problema. A agonia que senti o tempo todo nas últimas semanas se dissipou no momento em que segurei sua mão naquele hospital, e queria que tudo permanecesse intacto daquele jeito.

Ajudei Mariana a sair do carro e a carreguei até o sofá de seu apartamento, mesmo sob seus protestos de que poderia fazer aquilo sozinha.

— Vou precisar de um favor pior do que você me carregar até aqui... — comentou, franzindo a testa enquanto me encarava.

— Vou ver se posso te ajudar, o que é? — Pisquei um dos olhos para ela, que sorriu.

— Preciso tomar um banho decente dessa vez, tirar todo esse sangue grudado em mim antes de qualquer outra coisa.

Engoli a saliva, constrangido, meu rosto provavelmente corado. De tão nervoso quando fui acudi-la, nem prestei atenção em seu estado, sem roupa e de toalha. Mas tudo estava mais calmo no momento, e manter a concentração seria bem mais difícil.

Acompanhei Mariana até o banheiro e a ajudei a retirar o vestido, enquanto ela tentava manter o equilíbrio. Tentei não olhar para seus seios volumosos no sutiã preto e a auxiliei até entrar no box, colocando um banco de plástico para que ela pudesse apoiar a perna machucada.

— Quando acabar, me chama, não vá fazer besteira... — pedi.

— Nunca faço.

— Consigo pensar em mais de uma no último ano — debochei, e ela fechou a porta de vidro entre nós.

— E você estava em praticamente todas, engraçadinho.

Sorri para ela.

— O que você quer comer? — Pelo tempo que ficamos no hospital, imaginei que estivesse com fome.

— Tem certeza de que quer cozinhar? Você deve estar tão cansado quanto eu.

— Você está grávida, não deve ficar comendo besteiras o tempo todo... — Ela revirou os olhos. — Posso te ver fazendo isso daqui, sabia?

Ela abriu o chuveiro e me jogou água, mas molhou apenas a pia.

— Que tal um macarrão ao molho branco? Não tem muita opção, já dei uma olhada na sua geladeira e armários. Amanhã vou ao mercado, já que você está de repouso.

— Macarrão está ótimo.

Encostei a porta e arregacei as mangas da camisa, para começar a preparar nosso jantar.

Depois de alguns minutos, a ouvi chamar. Peguei uma toalha e a retirei do box, com cuidado para não esbarrar em nada que pudesse fazer meu corpo inteiro reagir. Não queria mais constrangimento. Segurei sua perna enquanto ela enxugava o tronco e desviei os olhos até ela vestir uma blusa comprida que cobria até suas coxas. Não pude deixar de olhar o volume ainda pequeno, mas visível, de sua barriga. Ela me passou a toalha e sequei a perna que estava molhada.

— Você daria um bom cuidador de idosos... — implicou, quando fiquei em pé.

— Se você fosse tão afiada em sua coordenação motora quanto é com sua língua, não teria caído — devolvi, fazendo-a gargalhar.

Voltei para a cozinha enquanto ela terminava de se ajeitar e de, provavelmente, vestir uma calcinha. *Deus, preciso tirar esse pensamento da minha cabeça ou vou acabar com minha sanidade mental!*

Quando retornou à sala, Mariana ligou a televisão e colocou em uma de nossas séries preferidas, *Friends*. Era obrigado a sorrir sempre que a ouvia se divertir com as cenas já vistas inúmeras vezes por nós dois. A sensação de estar ali com ela me fazia tão bem, era como estar em casa.

Assim que tive um tempo, tomei um banho rápido e me troquei, vestindo uma bermuda de moletom cinza. Joguei uma camiseta branca no ombro e voltei à cozinha, para arrumar a mesa. Passei por Mariana, que me encarava com uma expressão engraçada, como se nunca tivesse me visto na vida.

— O que foi? — indaguei, curioso.

— Andou visitando a academia, foi? — comentou, e só então encarei minha barriga.

Eu havia mesmo emagrecido e andava praticando exercício em casa, pela falta de tempo de ir à academia. Como um adolescente estúpido, fiquei feliz por ela ter reparado.

— Tenho que ter disposição para correr atrás de uma criança.

Jantamos como sempre foi, dois melhores amigos brincando e falando de amenidades, aproveitando a companhia um do outro. Depois, quando Mariana começou a bocejar, a ajudei a ir para a cama.

— Tem certeza de que não vai ficar destruído por dormir no sofá? — perguntou, depois que peguei um travesseiro e uma coberta para voltar à sala. — Pode pegar o colchão em cima do armário, se quiser, e deitar aqui do lado ou se ajeitar lá no escritório.

— Já dormi em lugares piores, acredite. — Aproximei-me dela e beijei sua bochecha, demorando mais do que o necessário para fazer aquilo. — Boa noite, Mari.

Ela segurou minha mão, puxando-me para um abraço desengonçado, mesmo com curativos em sua testa pálida.

— Obrigada por tudo. Não sei o que faria sem você.

Desliguei a luz e encostei a porta ao sair, deixando apenas uma fresta aberta, como sabia que ela gostava. Enquanto ia para o sofá, não pude deixar de notar o sorriso que havia se instalado em meu rosto. Daquele jeito, era quase fácil esquecer toda a complicação que nossa vida havia se tornado. Era fácil acreditar que tudo era como antes, mesmo sabendo que, na realidade, não éramos apenas nós dois. Éramos uma família.

Acordei com o interfone tocando sem parar. Dei um salto do sofá e corri para atender, com medo de acordar Mariana.

— Lia? — perguntei, ao ouvir sua voz desesperada do outro lado falando com o porteiro.

— Saulo? O que você está fazendo aí? Abre essa porta — gritou do outro lado, e algo me dizia que a conversa não seria das melhores.

Liberei a entrada e, em menos de dois minutos, ela estava passando pela porta do apartamento de Mariana.

— O que você está fazendo aqui? — questionou outra vez, colocando uma das mãos em sua cintura.

Havia olheiras em seu rosto e seus cabelos estavam despenteados, presos em um coque.

— Eu que te pergunto...

— Eu vim atrás da Mariana para ter notícias suas. Você desapareceu ontem, não responde as mensagens e seu celular está desligado. Está tudo bem? Aconteceu alguma coisa? Fiquei preocupada.

Apontei para o sofá, para que ela se sentasse. Retirei a coberta e o travesseiro e os empilhei no canto, fazendo sinal para que ela falasse baixo.

— A Mari está dormindo. Ela teve um acidente ontem, torceu o tornozelo e machucou a cabeça. Vim socorrê-la e acabei esquecendo de te avisar. Desculpe — respondi, de forma tranquila, tentando não demonstrar minha inquietação.

— Acidente? E por que ela não ligou para uma ambulância? Você é médico agora?

— Lia, pelo amor de Deus, ela é minha amiga.

— Minha também, mas parece que ela só se lembra de você. Até ontem estavam sem se falar, agora, você está dormindo na casa dela — exasperou, irritada.

— Mariana não tem família aqui, você sabe. E sempre nos ajudamos.

— É, eu sei.

Ela desviou o olhar para a parede da televisão.

— Por que sua mala está aqui?

— É... é que... — Respirei fundo, eu tinha que contar a verdade para ela. — Vou passar uns dias aqui, para ajudar a Mari. Ela precisa ficar de repouso e...

— O quê? Você o quê? — Lia levantou, de supetão, e se aproximou de mim, que segui seu movimento.

— São só uns dias, ela não pode fazer esforço.

— Você só pode estar de brincadeira, Saulo... — Passou a mão na testa. Seu rosto estava tão vermelho que parecia que explodiria a qualquer instante. — Você me deu um milhão de desculpas para não morar comigo, para não passarmos mais tempo juntos, e eu respeitei todas elas. Aí, Mariana toma um tombo de nada e você se muda para casa dela? Não está percebendo o que está fazendo, Saulo?

Arregalei os olhos, inquieto. Eu sabia que aquela era uma pergunta que não gostaria de ouvir a resposta, mas não consegui pensar em nada que pudesse amenizar. Não tinha coragem de contar toda a verdade, precisava ir aos poucos, ela já estava irritada demais.

— Você sequer pediu minha opinião. Deve ser ótimo para mim ter meu namorado morando com outra mulher. É tudo o que eu sempre sonhei... — soltou, irônica.

Joguei-me outra vez no sofá e apoiei os cotovelos nos joelhos, esperando que ela despejasse tudo o que quisesse em cima de mim. Eu merecia aquilo. Ela estava certa.

— Quer saber de uma coisa? Faça o que quiser...

Ela se virou e seguiu em direção à porta, comigo em seu encalço.

— Lia, por favor, vamos conversar em outro lugar. Só nós dois... — pedi.

Minha namorada se virou para mim, com os olhos vermelhos e não sabia dizer se estava prestes a chorar ou me matar.

— Agora não, Saulo. Pelo visto, parece que nunca houve "só nós dois" aqui.

Lia entrou no elevador e foi embora, sem me encarar outra vez. Sem forças para insistir, sabendo do peso do erro que cometera, fechei a porta. Suspirei, pesaroso, e meus olhos encontraram os de Mariana, que me observava apreensiva da porta do seu quarto.

Capítulo 17
Mariana

— Bom dia — cumprimentei Saulo, que me encarava, nitidamente atordoado. E assim que tentei me arrastar até seu encontro, já que não podia firmar o pé machucado no chão, ele se apressou em me ajudar.

— Dormiu bem? — questionou, enquanto me amparava para que eu pudesse caminhar.

— Sim e você?

— Também. — Acomodou-me no sofá, puxando a mesinha de centro para que eu colocasse a perna sobre ela e sentou ao meu lado.

— O que acabou de acontecer? Você e Lia brigaram?

— Ela não gostou muito de saber que vou morar aqui por uns tempos. — Suspirou fundo e esfregou a nuca, como se tentasse organizar as ideias.

— Imagino... — Segurei a mão dele. — Precisamos contar a verdade para ela. — Nossos olhos se prenderam por um longo instante.

— Já pensei nisso várias vezes, no entanto não consigo encontrar uma maneira de dizer que você está esperando um filho meu sem magoá-la. Ela nunca vai nos perdoar. Sabe disso, não sabe?

— Eu sei e sinto muito, de verdade. Seu namoro será abalado e a amizade que tenho com ela também, só que não dá para omitirmos este "pequeno detalhe" — fiz sinal de aspas com as mãos — a vida toda. Uma hora ela vai descobrir e, quanto mais demorar, pior será, não acha?

— Tem razão... — Recostou-se, desolado.

— Ligue para ela, ainda deve estar por perto. Peça para que volte e contamos juntos.

— Não. Ela saiu daqui chateada, nervosa, será um péssimo momento para revelarmos nosso segredo. Depois que esfriar a cabeça, outro dia, vou até a casa dela para conversarmos.

— Está certo, talvez seja melhor mesmo. Aliás, que horas são?

— Oito e meia — respondeu, após conferir o celular.

— Acho bom prepararmos o café da manhã, então, senão vai chegar atrasado no trabalho.

— Cuidarei disso, pois já deve estar com fome e precisa se alimentar direito. Agora, quanto ao meu serviço, não se preocupe, vou ligar na empresa agora e pedir para ficar de *home office* pelos próximos quinze dias, até que você retire a imobilização da perna.

— Não quero que se prejudique por minha causa. — A decisão dele me deixou receosa.

— Fique tranquila, isso já é algo habitual por lá. Melhor trabalhar à distância do que faltar.

— Sendo assim... — Sorrimos, cúmplices, e, em seguida, ele fez a ligação necessária.

Foi um alívio saber que concordaram e deu tudo certo.

— Já avisou na emissora que ficará afastada? — perguntou, logo que desligou.

— Sim. Ontem à noite, antes de dormir, enviei um e-mail explicando e já mandei uma foto do atestado.

— Você sempre me surpreendendo. Como teve cabeça para isso, depois de tudo que aconteceu?

— Sou uma mulher comprometida com minhas obrigações. — Dei uma piscadela e ele sorriu.

— A senhorita *whorkaholic* precisará aprender a desacelerar, hein? Agora fique quietinha aqui que vou providenciar algo para comermos. — Beijou minha testa e levantou.

O contato de seus lábios com minha pele, por mais inocente que tenha sido, aqueceu-me, deixando-me confusa com o que senti. Acabei recordando de *flashes* da nossa insana noite de sexo.

Acho que os hormônios estão me enlouquecendo! Balancei a cabeça, como se pudesse espantar os pensamentos e aquela sensação inapropriada.

Liguei a TV para tentar me distrair, contudo, volta e meia me pegava observando-o, de soslaio, feliz por tê-lo por perto.

Saulo preparou ovos mexidos e, depois de se certificar de que eu estava devidamente alimentada, saiu para ir ao mercado, prometendo retornar rápido, demonstrando um excesso de zelo comigo, o que eu achava fofo demais. Ajeitei-me entre as almofadas e fiquei pensando em meu relacionamento com Inácio. Eu teria que contar a ele que meu amigo era o pai do meu filho e aquilo podia ser o fim do namoro. A constatação me deixou triste. Como uma criança desolada, chorei. Minha vida estava uma verdadeira bagunça, mas, pelo menos, em meio a toda aquela tempestade, eu sabia onde encontrar proteção. Saulo era meu porto seguro.

Depois de um pouco mais de uma hora, meu amigo retornou carregando várias sacolas.

— Como foi por aqui na minha ausência? — questionou, preocupado, logo que trancou a porta.

— Tudo tranquilo. Fiquei quietinha assistindo a TV. Estou me comportando direitinho — zombei, omitindo o fato de ter chorado, e ele não conteve o sorriso.

— Que bom saber — respondeu no mesmo tom divertido e se pôs a abastecer a geladeira e os armários.

Remexi no sofá, observando-o, com uma vontade danada de ir até lá. Era muito agoniante não poder ajudar.

— O que foi? Está precisando de alguma coisa? — ele perguntou, notando minha inquietação.

— É muito foda não poder fazer nada — resmunguei.

— Serão só quinze dias, passará rapidinho, você vai ver.

— Não tenho tanta certeza. — Bufei, inconformada por ter me machucado de forma tão estúpida.

Quando terminou a organização, pedi que me levasse ao banheiro. Depois, ele pegou o *notebook* e sentou na mesa de jantar para poder trabalhar sem me perder de vista.

Sem querer incomodá-lo, desliguei a TV e peguei um livro para ler.

Por volta do meio-dia, Saulo fez uma pausa no trabalho para preparar nosso almoço. Estávamos terminando de comer quando meu celular, que estava sobre a mesa, tocou e o nome de Inácio apareceu no visor.

— Não vai atender? — meu amigo me olhou, curioso.

— Depois eu retorno.

— Mari, assim como prometi contar a Lia a verdade sobre sua gravidez, também espero que faça o mesmo com seu namorado. Precisa contar que eu sou o pai do filho que você está esperando.

Encarei-o, com pesar. Inácio tinha me pedido perdão e inclusive disse que estava disposto a assumir meu bebê, mas será que continuaria comigo depois que soubesse toda a verdade? Como reagiria? A reflexão me causou um aperto incômodo no peito.

— Eu farei isso, pode deixar. — Respirei fundo, aflita, o que não passou despercebido pelo meu amigo.

— Tem medo de perdê-lo? — Seu semblante entristeceu.

Assenti e desviei a atenção para o prato, remexendo com o garfo o restinho da comida.

— Ei. — Esticou o braço para segurar minha mão. — Vai dar tudo certo. E, independentemente do que aconteça, sempre estarei ao seu lado.

— Eu sei. — Voltei a fitá-lo. — Precisamos lidar com as consequências do que fizemos. Inclusive, refleti sobre isso depois que você saiu. Quando Inácio voltar de viagem, eu contarei e, se ele não me quiser mais, terei que me conformar. A vida nem sempre segue pelos rumos que planejamos, não é mesmo?

— Mas talvez tudo tenha um propósito, não acha?

— Sempre acreditei em destino, só que agora, depois de tudo o que está acontecendo, já não sei em que pensar.

Ele anuiu e, assim que encerramos a refeição, retirou as louças e as lavou antes de retornar a mexer no computador. Para deixá-lo mais à vontade, pedi que me ajudasse a ir para o quarto.

Aproveitei que estava sozinha para ligar para Inácio. Contei sobre a queda no banheiro, ele se mostrou apreensivo e disse que me visitaria logo chegasse de viagem. Desliguei e fiquei encarando o aparelho. Abri o aplicativo de mensagens e reli todas as nossas conversas. Será que ainda existiria esperanças para nós? Ainda poderíamos ter um futuro juntos? Apesar da ansiedade e do medo, o que me confortava era saber que sempre poderia contar com Saulo e que meu filho estava bem. Já éramos uma família, por mais torta que parecesse.

Capítulo 18
Saulo

Caminhei pelos corredores apressadamente. As prateleiras de madeira e o cheiro de papel me remetiam lembranças da época da faculdade, onde passava horas e horas na biblioteca da universidade estudando. Quem diria que um dia visitaria uma livraria para comprar um livro sobre... bebês.

Uma atendente perguntou se eu precisava de ajuda e aceitei de imediato. Estava bem perdido. Expliquei que queria um livro sobre o desenvolvimento da criança, que pudesse ajudar aos pais, e ela me fez acompanhá-la para outra sessão. Depois de enfim decidir por qual levar, comprei, voltei ao carro e coloquei o embrulho para presente no banco do carona, dando partida para meu destino.

Lia não me atendia há uma semana e, pela manhã, havia decidido que precisava encontrá-la. Fiz o que tinha que fazer na rua antes de chegar em sua casa, pois sabia que a conversa poderia ser ainda mais difícil do que imaginava.

Toquei o interfone e, mesmo que sua voz não fosse muito amigável, ela liberou minha entrada. Subi o elevador com a respiração ofegante, nervoso por ter que fazer aquilo sozinho, mas sabendo que era necessário. Não dava mais para adiar. A barriga de Mariana começara a aparecer e, em algum momento, todo mundo saberia a verdade. Não queria que ela fosse a última a descobrir. Eu poderia estar sofrendo por antecipação também, havia uma chance da nossa conversa ser, pelo menos, civilizada.

— O que você quer?

É, pelo tom, não seria mesmo agradável.

— Podemos conversar?

Lia abriu a porta a contragosto e fez sinal para que eu entrasse. Sentei no sofá, ela continuou de pé. Nunca tive muito jeito para conversas de enfrentamento e conflito. Por isso que nunca bati de frente com as críticas duras do meu pai durante toda a vida.

— Preciso te contar umas coisas que aconteceram nos últimos meses. E preciso que você tente me entender, Lia. De verdade — pedi, mesmo sabendo que não tinha aquele direito.

— Alguém está morrendo, Saulo? Porque é o que parece... — bufou e sentou em um *puff* de frente para mim.

Encarei-a com receio, ela não reagiria bem. Sabia disso. Todavia, não tinha outra opção, mesmo que estivesse suando feito um porco, a única saída para aquela situação era a verdade.

— Mariana está grávida.

Ela não pareceu surpresa. Balançou a cabeça, confirmando.

— Já desconfiava, falei para você aquele dia no jantar. Inácio já sabe? — questionou, sem tirar os olhos dos meus.

— Da gravidez, sim.

— E tudo bem?

A expressão de Lia demonstrava quase um alívio por ser essa a notícia que ela considerava a pior, o que fez meu coração se apertar no peito. Ela não esperava aquilo de mim, seria uma decepção e tanto.

— Mais ou menos. — Respirei fundo. — O problema é que o filho não é dele.

Ela estatelou os olhos, surpresa. E não disse nada, continuou com a boca aberta feito um "O", aguardando o que quer que pudesse vir depois daquilo.

— O filho da Mari é meu, Lia. Ela está grávida de mim.

Observei seu rosto por alguns segundos, vendo sua expressão passar de surpresa para raiva. O silêncio ainda permeou por um tempo, ambos não conseguíamos dizer nada. Minhas pernas tremiam e meu coração parecia prestes a saltar do peito.

— O quê? — Ela riu, irônica. — Isso é alguma piada?

Balancei a cabeça, negando. O mesmo peso que saiu do meu peito por ter dito a verdade estava prestes a explodir em Lia, e aquilo me matava por dentro.

Ela levantou e deu uma volta pela sala, provavelmente digerindo as informações.

— Como assim, Saulo? Que *porra* é essa?

— Desculpa, Lia. Eu devia ter contado antes... — comecei.

— O que você e Mariana fizeram? Que droga está acontecendo? — gritou, ensandecida.

Tentei explicar da forma mais calma possível, a noite do aniversário de Mariana, em que bebemos demais e acabamos transando. Lia parecia tão perplexa que mal se movia. Estava estagnada perto do sofá, com os olhos perdidos em algo atrás de mim.

— Mas foi só uma vez, não aconteceu de novo — continuei.

Só então ela me fitou. Seus olhos estavam vermelhos, as lágrimas desciam descontroladamente pelo rosto.

— Vocês me traíram... Vocês... me... traíram! — concluiu, como se falasse com ela mesma.

— Sei que não tenho o direito de pedir desculpas, mas a gente pode consertar isso, Mariana e eu, ela também está arrependida e nós...

— Para, Saulo — ela me interrompeu. — Pelo amor de Deus, cala a boca. Não quero saber o que você e Mariana vão fazer daqui para a frente. Eram meus amigos, acima de qualquer coisa. Eu confiava nos dois. E estavam transando pelas minhas costas, tratando-me como idiota, debochando de mim. Não esperava isso de você, sinceramente.

— Isso nunca aconteceu, Lia. Posso garantir que tanto eu quanto ela...

— Não interessa. Ela está esperando um filho seu, Saulo. Um filho — exasperou, jogando-se, vencida, no sofá. — Isso muda tudo.

Lia passou uma das mãos nos cabelos, enxugou o rosto mais de uma vez.

— Acabou.

— O quê? — Virei-me para ela. — Lia, por favor. Vamos conversar...

— Não tem mais nada para conversar, Saulo. Não quero te ver nunca mais, nem você, nem Mariana. Acabou. — Encarou as próprias mãos em seu colo. — Vá embora.

— Mas...

— Agora. Por favor, vá embora.

Não consegui conter as lágrimas. Odiava magoá-la, tê-la feito passar por aquilo, fazê-la se sentir uma idiota. O único que deveria se sentir mal era eu, não ela. Lia fazia tudo certo, tentou de todas as maneiras me fazer feliz, fazer eu sentir bem. No entanto, a culpa não era dela de que meu coração pertencia a outra pessoa. Meu sentimento por Mariana era maior do que qualquer explicação que eu tentasse dar, pois nem eu mesmo compreendia como aquilo era possível.

Levantei e caminhei até a porta. Lia continuava parada no sofá, chorando. Fechar aquela porta foi uma das coisas mais difíceis que fiz, mas precisava respeitá-la. Ela tinha o direito de sofrer, de estar magoada, de se sentir traída. O que Mariana e eu fizemos não foi certo, entretanto não havia volta. Era uma rua sem saída.

Entrei no carro e alisei o embrulho do livro em cima do banco. Parte de mim estava em pedaços enquanto a outra se sentia leve por ter falado a verdade. Dirigi para a casa de Mariana no automático, a única coisa que poderia me confortar era seu sorriso.

Ao entrar pela porta do apartamento, encontrei Mariana tentando pegar algo no armário da cozinha.

— O que a senhorita pensa que está fazendo? — questionei, jogando o embrulho que carregava no sofá e indo até ela.

— Agora? Sentindo-me uma inútil por não conseguir nem preparar um lanche. — Revirou os olhos.

Peguei o pacote de pão no armário e entreguei a ela. Lavei as mãos para ajudá-la e começamos a fazer um sanduíche de queijo e peito de peru. De imediato, Mariana me observou por alguns segundos sem tocar no assunto. Ela sabia que eu tinha ido à casa de Lia e, pelo inchaço em meus olhos, era nítido que não tinha sido agradável.

— Tudo bem com você? — perguntou, assim que fechamos o pão e peguei uma jarra com suco de laranja na geladeira.

— Não sei se *bem* seria a palavra...

— Foi complicado?

Coloquei o suco nos copos e a ajudei a ir para a sala. Depois que ela estava confortável, peguei nossos lanches e me aconcheguei ao seu lado.

— Ela terminou comigo — falei, respirando fundo.

— Sério? Meu Deus, Saulo. Sinto muito... — Mariana deixou o lanche de lado para segurar minha mão e me puxar para um abraço, confortando-me.

— Tudo bem, eu sabia que ela não entenderia tudo isso. Ela tem o direito de se sentir traída, magoada...

— O que fizemos com ela não foi certo — completou, pensativa. — É uma pena que você tenha tido essa conversa sozinho. Queria poder ter o apoiado. Nós dois erramos com a Lia.

— Eu sei, Mari. Mas eu precisava disso.

Confirmou com a cabeça e deu uma mordida no lanche, revirando os olhos ao se surpreender que eu também colocara orégano sem ela perceber. Ela amava.

— Quem sabe ela não mude de ideia com o tempo... — falou, tentando me consolar.

— Não espero por isso. — Dei de ombros. — Talvez tenha sido melhor assim.

Ela me encarou, com pesar.

— Não sei se teria o espaço que ela merece na minha vida depois que nosso filho nascer. Acho que as coisas mudaram um pouco para mim. — Encarei-a, implorando aos céus que ela entendesse o que estava querendo dizer com aquilo.

Ela apenas assentiu e sorriu, bebendo um gole do seu suco.

— Ah, já estava me esquecendo. Comprei pra você... — Peguei o embrulho ao meu lado e entreguei a ela. — Na verdade, acho que pra nós dois.

Mariana recurvou as sobrancelhas, confusa, mas abriu o presente rapidamente. Pegou o livro e olhou o título, folheando as páginas com calma. Uma lágrima escapuliu de seus olhos.

— Acho que tem tanta coisa acontecendo que mal me dei conta de que não sei nada sobre bebês — comentou, sorrindo.

Acompanhei-a, balançando a cabeça.

— Nem eu, nem você. — Suspirei.

— Será que ainda dá tempo de tentarmos ser pais melhores? — Fez uma careta, mordendo o lábio inferior.

— Espero que sim, temos a vida toda pela frente.

Observei-a com carinho quando seus olhos encontram os meus. Sequei seu rosto com uma das mãos e Mariana a segurou, levando-a até sua barriga. Nossos dedos entrelaçados, o toque suave com sua pele, fez algo dentro de mim se acender. Eu poderia congelar aquele momento para sempre em minha memória. Eu tinha certeza de que o que sentia não era apenas carinho ou amizade, era amor. E esperava, de uma forma um tanto otimista, que ela pudesse sentir o mesmo por mim um dia.

— Obrigada pelo presente — ela interrompeu meu devaneio.

Tirei a mão, voltando-me para o lanche.

— Não é um presente, é uma necessidade para nós dois — brinquei.

Voltamos a comer. Mariana tentou me distrair falando sobre seu estagiário e as inúmeras mensagens que ele tinha enviado, contando as últimas fofocas do estúdio. Assim que terminamos, ambos aparentando um cansaço emocional ainda pior do que em qualquer dia comum de trabalho, o interfone tocou.

— É Inácio — falou, quando me levantei para atender.

Aquela era a vez dela.

— Vou ficar no quarto. — Coloquei os pratos na pia e me retirei.

Ouvi quando ela atendeu e pediu que ele subisse. Escutei a porta se abrindo e os lábios dele tocando os dela em um beijo. Joguei-me em sua cama e fechei os olhos. Não tinha nada contra Inácio, mas não queria vê-lo fazendo o meu papel com meu filho. Ainda era difícil para mim compreender que, por mais que eu nutrisse sentimentos diferentes por Mariana, ainda não éramos um casal. As coisas não seriam como nas novelas ou filmes, um bebê não consertava tudo que estava fora do lugar. Mesmo assim, pedi ao universo que, ao menos, ela ficasse bem.

Capítulo 19

Mariana

Assim que abri a porta para receber Inácio, tão lindo e segurando um embrulho de presentes, meu coração se apertou dentro do peito. Respirei fundo, tentando me acalmar, trocamos um beijo suave e o convidei para entrar.

— Como você está? — Ele me observou de cima a baixo, com o cenho franzido, nitidamente preocupado.

— Apesar de tudo, estou bem — respondi e ele me ajudou a andar até o sofá.

— Onde foi o corte na testa? — Acariciou meu rosto.

— Bem aqui, olha. — Afastei os cabelos para que ele pudesse ver. — Retirei os pontos ontem.

— Sua cicatrização é boa. — Pareceu surpreso ao notar a linha fina que ficara onde antes estava o ferimento.

Assenti, sorrindo. Minha pulsação acelerada acentuava meu desconforto pela conversa que viria. Inácio perguntou sobre meu tornozelo e expliquei que ainda ficaria uma semana com a imobilização. Olhou ao redor como se procurasse por algo.

— Como está fazendo para se virar sozinha, com essa perna desse jeito?

— Não estou sozinha — confessei baixinho, desviando meu olhar do dele.

Uma expressão de confusão preencheu seu rosto, dando a deixa para que eu continuasse.

— O meu amigo Saulo está aqui comigo. — Forcei um sorriso.

— Ah é? Por que não me disse nada antes?

— Devo ter esquecido de mencionar.

Inácio não conseguiu disfarçar seu desgosto, mesmo assim mudou de assunto.

— Trouxe isto pra você. É para o bebê, na verdade.

Quando ele me entregou o presente, senti como se queimasse em minhas mãos.

— Eu não posso aceitar. — Puxei o ar com força, tomando coragem para dizer o que precisava.

— Por que não? — Confusão dominou seu semblante.

— Inácio, não fui completamente sincera com você quando te contei sobre a gravidez.

— Do que está falando, princesa?

— O filho que estou esperando não é de nenhum ex-namorado, o pai é o Saulo.

Inácio arregalou os olhos, parecendo surpreso e ao mesmo tempo perplexo com a revelação, e, em seguida, franziu o cenho.

— Como? — elevou o tom de voz. As veias de seu pescoço ingurgitaram e era possível vê-las pulsar. — Quando isso aconteceu? Quando foram para a cama, Mariana? — exigiu saber.

— No meu aniversário — revelei, derrotada. Sabia que seria nosso fim.

— Está de brincadeira comigo, né? — esbravejou, levantou e se pôs a andar de um lado para o outro na minha frente. — Você tem um caso com seu melhor amigo? Esta me traindo com ele? Porra, que tipo de mulher é você? Que tipo de idiota acha que eu sou?

Comecei a chorar diante de seus gritos descontrolados e logo Saulo apareceu em meu socorro.

— Inácio, por favor, tente se acalmar, não é nada do que está pensando —interpelou.

— Ah, não? Então que merda é essa que acontece entre vocês dois, afinal? — Seus olhos faiscavam de fúria, eu nunca o tinha visto tão transtornado, não ficou daquele jeito nem no dia que soube da gravidez.

— Somos melhores amigos desde a infância, nunca tinha rolado nada entre nós, juro. Só que naquela noite bebemos demais e quando acordamos nos demos conta de que tínhamos transado.

— Que maravilha! — Inácio bateu palmas, debochado. — Quer saber, vocês se merecem. *Tô* caindo fora e aposto que sua namorada vai fazer o mesmo. Então, com o caminho livre, os *pombinhos* poderão continuar o quer que seja isso que estão fazendo.

— Não fale desse jeito, cara... — Saulo ainda tentou, mas ele ergueu a mão, impedindo que continuasse.

— Eu realmente me enganei com você, Mariana, que pena — cuspiu as palavras, olhando-me com desdém. — Acabou e agora é pra valer, não terá volta. — Em um rompante, virou-se e caminhou em direção à saída, batendo a porta ao passar por ela.

Saulo me fitou com pesar e sentou ao meu lado.

— Eu sinto muito. — Beijou minha testa e me aconchegou em seus braços.

Eu precisava colocar para fora toda aquela dor, então chorei até que o desespero passasse, ficando só um vazio. Inácio foi duro comigo, porém eu mereci ouvir o que ele disse. Fiz muitas escolhas erradas na vida, martirizei-me por várias delas, no entanto, jamais me arrependeria de ter engravidado. Eu me sentia péssima pela forma como aconteceu, lamentava ser o motivo do rompimento do namoro dos meus amigos e por perder o primeiro cara bacana que namorei, mas se aquele era o preço a pagar para trazer ao mundo uma vida que eu gerava, pela qual já estava tão apaixonada, então valeria a pena. Naquele momento, entendi que ser mãe era aprender a abdicar-se. Como eu podia sentir tanto amor por alguém que eu nunca tinha visto?

Depois que me acalmei, Saulo foi até a cozinha e preparou um copo de leite quente com achocolatado para mim. Ajudou-me a ir até o banheiro e depois me colocou na cama.

— Fica aqui um pouquinho comigo — pedi, desejando seu carinho e conforto.

— Claro. — Ele se acomodou ao meu lado e entrelaçou nossos dedos. — Lembra de quando éramos crianças e meus pais me colocavam de castigo por algum motivo e não me deixavam sair?

— Lembro. — Virei o rosto para olhá-lo e aquelas recordações inundaram minha mente.

— Quando você ficava sabendo, sempre dava um jeito de ir escondida até minha casa e jogava pedrinhas na janela do meu quarto. Quando eu abria, pulava para dentro e ficava fazendo de tudo para me consolar, para me deixar menos triste. Você me contava piadas horríveis.

— Nunca fui muito boa nisso. — Ri com as lembranças.

— Estou dizendo isso, porque você sempre se esforçou para me apoiar, desde que éramos muito pequenos. Se fosse pega, poderia ficar de castigo também, porém, não se importava de se arriscar por mim.

— Sempre fomos assim um com o outro, né? — Acariciei o rosto dele, que anuiu.

— E tenho certeza de que isso não vai mudar. Estarei com você, Mari, enquanto eu viver. E agora temos um laço que nos unirá ainda mais, nosso bebezinho. Faremos por esse guri, ou guria, o que sempre fizemos um pelo outro. Não importa que tudo esteja uma confusão agora, as coisas vão se ajeitar.

— Eu te amo, sabia?

— Nunca tive dúvidas. Eu também te amo demais. — Escorregou o corpo para baixo até que ficasse com a cabeça na altura da minha barriga. — E também já te amo muito, meu filho. — Beijou meu ventre, deixando-me emocionada.

Afaguei seus cabelos, permitindo que ele ficasse ali. Saulo disse coisas lindas, que aqueceram meu coração. Ele seria um pai maravilhoso, não dava para ter qualquer dúvida.

Depois, voltou a deitar ao meu lado e conversamos sobre o que tínhamos lido no livro que ele comprou, tentando imaginar o que nosso bebê já era capaz de fazer e sentir. Acabei me esquecendo do mundo, dos problemas e, tranquila, adormeci.

Algum tempo depois, despertei e, ao observar Saulo dormindo ao meu lado, com o semblante em paz, comecei a notar que o que eu sentia por ele já não era mais o mesmo. Ia muito além daquele amor de amigos que sempre existiu. Eu o admirava cada dia mais. A convivência tão íntima com ele, ao voltarmos a dividir um apartamento, era simples, fácil e agradável.

Estou me apaixonando por você. Contornei os traços de sua face com as pontas dos dedos, encantada. Quando ele se mexeu, retirei a mão, com medo de acordá-lo. Será que ele sentia o mesmo ou tudo não passara mesmo de uma noite de muita tequila?

Acabei adormecendo de novo e só despertei quando já era dia. Notei que ele já havia levantado e senti um cheirinho gostoso, de bolo assando, vindo da cozinha.

Sentei na cama e esfreguei os olhos, achando que meu olfato estava me pregando uma peça.

Levantei e me arrastei até lá.

— Ei, bom dia. — Ajeitou o pano de prato no ombro e me olhou, alegre.

— Você está fazendo bolo?

— Quase isso. Estou assando uma cuca de banana pra gente.

— Não acredito. — Arregalei os olhos e soltei um gritinho de empolgação.

— Senti saudades das receitas da nossa terrinha e quis variar um pouco nosso cardápio de café da manhã.

— Ah, meu Deus, você não existe! — Fui até ele e dei um beijinho em sua bochecha, que acabou pegando o cantinho da boca.

Saulo ficou com o rosto vermelho e se virou para o forno, tentando esconder sua reação.

— Já está pronto. Vou retirar e esperamos esfriar um pouquinho, está bem?

— Hmmm, que delícia. — Inalei o aroma que invadiu o ambiente, quando depositou a forma sobre o fogão.

— Vou ao banheiro enquanto isso, então.

— Deixa que eu te ajudo. — Ele enlaçou minha cintura e me apoiou para que eu andasse.

Minha camiseta levantou e seu toque arrepiou minha pele, se ele percebeu, não comentou nada.

Não estava sendo fácil lidar com os sentimentos recém-descobertos pelo meu melhor amigo. Definitivamente, eu estava apaixonada e pior, a ebulição de hormônios atiçou minha libido. De repente, dei-me conta de que Saulo era muito mais *sexy* do que eu imaginava. Não foi à toa que transei com ele quando fiquei embriagada no meu aniversário. Às vezes, o excesso de razão nos impede de ver o que está bem diante de nosso nariz.

O que eu farei agora?

Capítulo 20
Saulo

Depois que Mariana retirou a imobilização do pé machucado, retornei ao escritório e ela também voltou a trabalhar. Saíamos juntos de casa, a deixava no estúdio de gravação e seguia para o meu. Nossa rotina se encaixava com naturalidade e, com o passar dos dias, ficávamos ainda mais íntimos. Às vezes, quando me beijava a bochecha e sua boca esbarrava no canto da minha boca, sentia meu corpo inteiro reagir.

A gravidez de Mariana já era visível. Passávamos as noites assistindo à televisão, ela sempre me deixava acariciar sua barriga e falar com nosso bebê. Em vários momentos, tudo parecia como antes, quando nos enfiávamos debaixo do cobertor para ver séries de comédia. Era confortável estar ao lado dela, e aquilo era o suficiente para me trazer paz.

Passei em casa sábado de manhã para pegar mais algumas roupas e comprar as latas de tinta. Era dia de pintar o quarto, que antes ela usava de escritório, com tema infantil, já que o berço havia chegado no meio da semana e usaríamos o sábado para organizar isso. Eu estava empolgado com a ideia de construir, detalhe por detalhe, o lugar que ele ou ela dormiria. Mariana também parecia feliz quando escolhemos as cores para o cômodo.

Depois de pegar tudo, voltei para a casa da minha melhor amiga e, agora, mãe do meu filho. Era difícil digerir todas as informações ao mesmo tempo, mas estava gostando do jeito como tudo se encaminhara. Subi carregando a mala cheia de roupas e duas latas pequenas de tinta.

— Voltei... — falei, ao fechar a porta da entrada com o pé, equilibrando-me para não deixar nada cair no chão.

Mariana estava linda, com os cabelos presos em um rabo de cavalo e um pequeno lenço vermelho segurando-os. Usava um top branco, que acentuava as curvas dos seus seios – que ficaram bem maiores durante a gestação, não pude deixar de notar – e um short preto.

— Pronto para o trabalho de pintor? — perguntou, vindo ao meu encontro e ajudando-me a colocar tudo na mesa.

— Você está levando isso bem a sério... — comentei, enxugando as gotas de suor da minha testa pelo esforço físico.

— Sempre levo tudo a sério, você sabe.

Mariana piscou um dos olhos para mim e encarou a mala em seguida.

— Ainda está indo no seu apartamento buscar roupas?

— Sim, quando trouxe da outra vez, praticamente só peguei roupa de trabalho. Precisava de mais algumas para ficar em casa... e me sujar, por sinal — expliquei.

Ela deu a volta na sala e foi até a cozinha, pegou uma garrafa de água na geladeira, colocou o líquido em dois copos e me entregou um.

— Bom, acho que agora a gente vai acabar fazendo tudo juntos mesmo, não é? — comentou, com seu rosto um pouco corado.

— É, acho que sim.

— Por que você não devolve o apartamento, então? E fica aqui comigo? — Arregalei os olhos de imediato. — Se quiser, claro. Você pode dormir na cama também, é bem grande para nós dois. E vou precisar de ajuda quando ele ou ela nascer, tenho um total de zero experiência com recém-nascido.

Abri um sorriso em resposta. Não estava esperando por aquilo, mas gostei muito da ideia.

— Está falando sério? Não vou atrapalhar? Porque eu entendo que você tem uma vida e que...

— Saulo... — Ela se aproximou, colocando os braços em meus ombros. Segurei sua cintura com firmeza. — Minha vida agora é ele. Ou ela. E quero você perto da gente.

Meu coração perdeu uma batida ao ouvi-la falar. De repente, tudo o que eu mais queria era poder encostar meus lábios em sua boca rosada, sentir seu corpo no meu outra vez. Ao invés disso, a abracei apertado, afundando meu rosto em seu pescoço, sentindo o aroma doce de seus cabelos.

— Vou resolver as coisas na semana que vem, então. Desde que você não ocupe muito espaço na cama... — impliquei, afastando-me dela para evitar que sentisse outra coisa além dos meus braços.

— Você sabe que agora sou duas pessoas, não sabe?

Sorri. Era fácil ficar feliz ao seu lado.

Tiramos as coisas do bebê que haviam chegado do quarto e começamos a separar tudo para pintar. Um cinza claro logo começou a preencher as paredes e Mariana não tirava o sorriso do rosto um segundo sequer. Falamos sobre nossas brincadeiras na infância e o quanto perturbávamos meu irmão, que tinha pavor de nós dois juntos na época.

Ao terminar a pintura, paramos para fazer o almoço juntos. Na noite anterior, ela havia dito que estava com desejo de batata frita. Apesar de não achar a coisa mais saudável do universo para uma grávida, comprei batatas para cozinhar e fritar. Quando ela abriu a sacola do supermercado e viu, gritou, comemorando.

— Não acredito que você lembrou...

— Óbvio, não quero que nosso filho nasça com cara de batata. Pelo amor de Deus — brinquei, fazendo-a gargalhar.

— Hummm. Agora sim, estou realmente com fome.

— Só falta fritar, pode descansar que termino aqui — respondi enquanto lavava tudo.

— Descansar do quê? Você fez todo o trabalho pesado... — comentou, apertando minha cintura antes de sair da cozinha. — Está facilitando muito para mim, vou ficar mal-acostumada.

Virei para ela e segurei seu punho com delicadeza, a aproximando de mim. Meu corpo inteiro implorava pelo toque, pelo contato. Queria poder falar tudo o que sentia, mas o medo de não ser correspondido e de afastá-la outra vez me dominava. Deslizei minha mão em sua barriga e abaixei a cabeça, alcançando-a.

— O verdadeiro trabalho pesado vocês dois estão fazendo...

Sussurrei e percebi que ela se enrijeceu. Mariana segurou meu rosto com suas duas mãos e me coloquei ereto outra vez. Ela acariciou minha bochecha com os dedos e tocou minha boca. Seus olhos fixados nos meus, pareciam dizer algo que eu não conseguia compreender.

— Obrigada, por tudo.

Disse e me puxou para ela. Fechei os olhos acreditando que minha boca a encontraria de novo, mas Mariana apenas me abraçou. Algo no meu peito parecia querer sair, desesperado. Senti meu corpo inteiro se agitar. Eu amava aquela mulher e ser o único a saber disso estava me matando.

Depois de um final de semana inteiro montando móveis, a segunda-feira me esperava com mais uma bomba.

Ao chegar no trabalho, notei que muitas das cabines do setor em que ficava estavam vazias. Caminhei pelos corredores até chegar à sala que dividia com Pedro, estranhando tudo aquilo.

— Cheguei muito cedo? — perguntei, entrando pela porta e a fechando atrás de mim.

— Na verdade, não. O negócio que não está muito bom por aqui mesmo — explicou, enquanto ligava os computadores.

— O que houve?

— Parece que o chefe fez uma leva de demissões. Muita gente foi mandada embora. Se você não recebeu nenhum e-mail para visitar o RH, agradeça aos céus. — Suspirou ao sentar. — Diferente do nosso setor, o deles está lotado a esta hora.

— Sério?

Assim que abri o sistema, uma notificação chegou. Com as mãos trêmulas, abri já esperando que seria mandado embora também. Porém, era uma nota informando que a empresa estava em processo de venda devido à crise financeira e que alguns funcionários seriam realocados. Pedro recebeu a mesma informação.

— Será que realocado quer dizer demitido aqui? — debochou, balançando a cabeça.

— Só me faltava essa. A última coisa da qual preciso agora é ser mandado embora. Já tem coisas demais acontecendo na minha vida — comentei, tentando me concentrar no trabalho.

— Se eu fosse você, já enviaria alguns currículos. É o que vou fazer. Pelo visto, a situação está mais complicada do que imaginei.

— Será que piora? — questionei, preocupado.

— Não quero estar aqui para ver.

Algo esquisito queimava no meu estômago. Todas aquelas notícias desencadearam uma gastrite nervosa ou alguma coisa parecida na minha barriga. A preocupação era inevitável. Estava na empresa desde que me formara, cheguei como estagiário e já era pleno. Tudo o que estudei foi realizado lá, seria fácil encontrar trabalho em outro lugar no meio de toda a bagunça econômica do país?

Minha mente divagou o dia inteiro e mal consegui me concentrar. Só pensava em Mariana e no nosso filho, no meu pai falando que todas as minhas escolhas não serviram de nada. Uma onda de negatividade me invadiu e saí do trabalho completamente deprimido no fim do dia. Como voltaria para casa daquele jeito? Ainda tinha que ir até a imobiliária para resolver as coisas do apartamento, tentar vender os móveis que não precisava, talvez isso desse um dinheiro e poderia ajudar.

Minha cabeça fervilhava e parecia que explodiria a qualquer instante. Estacionei em uma rua próxima para ir até o corretor e me deparei com uma loja de bebês. Um *body* branco para recém-nascido me chamou a atenção. Havia uma frase nele de um dos personagens de *Friends*, que tanto eu quanto Mariana adorávamos: *"How you doin?"*.

Sorri ao pensar na reação que ela teria ao ver aquela roupinha tão pequena com a fala de um dos nossos personagens preferidos. Só de lembrar disso, os pensamentos ruins se dissiparam e entrei na loja, sem pensar duas vezes. Eu deixaria toda a preocupação de lado e ficaria bem. Era minha decisão. Nosso bebê não estava apenas me trazendo paz, estava mudando minha vida por completo.

Cheguei em casa e Mariana estava no banho. Deixei o embrulho em cima de sua cama e fui arrumar algumas coisas na cozinha, para começar a fazer nosso jantar. Quando parei de ouvir a água do chuveiro cair, caminhei devagar até a porta do quarto aberta para observá-la.

Seu corpo estava enrolado em uma toalha branca e seus cabelos em outra. Ela parou para ver o presente e sorriu.

— Saulo? — gritou, procurando-me.

— Estou aqui...

Aproximei-me quando ela fez sinal para que eu entrasse.

— Encontrei isso hoje por acaso e não consegui não comprar — comentei, enquanto ela abria.

Quando Mariana se deparou com o pequeno pedaço de pano e a frase escrita onde ficaria a barriguinha de nosso filho, ela gargalhou. Não tive como resistir e sorri também. Era incrível como a conhecia tão bem e como saber disso me deixava completo.

— Eu vou amar vê-lo vestido de Joey Tribbiani — respondeu, deixando a roupinha de lado e se virou para me abraçar.

Ela se apertou em meus braços e só de saber que estava nua debaixo daquela toalha fez meu corpo descompensar. Coloquei uma das mãos em seu ombro ainda molhado e a outra em sua cintura, puxando-a ainda mais.

Minha amiga se afastou um pouco, para me encarar. Uma expressão séria invadiu seu semblante.

Ela mordeu o lábio inferior e se empinou sobre seus pés para alcançar meu rosto. Mariana fechou os olhos e encostou seu nariz no meu. Depois de tudo o que aconteceu entre nós, não queria tomar a iniciativa outra vez, mesmo que estivesse louco de desejo por aquela mulher. Podia sentir sua respiração em minha boca, ambos estávamos ofegantes, até que sua toalha caiu, ficando presa apenas em meu braço.

Ela arregalou os olhos, constrangida. Seus seios estavam pressionados contra meu peito, meu corpo inteiro estava arrepiado e prestes a reagir.

— Melhor eu ir me trocar... — Ela puxou a toalha, se afastando.

— Sim, é... verdade... melhor... — gaguejei, perdido. — Vou tomar um banho frio.

Falei e saí do quarto, sem olhar para trás.

Entrei no chuveiro e levei bem mais do que um minuto para me acalmar. Como eu a queria! Como era possível desejar tanto alguém como a desejava?

Teria que me cuidar ou enlouqueceria a qualquer momento. Era a primeira vez que meu coração e meu corpo falavam a mesma língua.

Capítulo 21

Mariana

Em um sábado, depois que terminamos a organização do quartinho do nosso filho, que ficou lindo em tons de branco, dos móveis, e cinza-claro e amarelo, das paredes que pintamos, minha mãe me ligou. Disse que estava com muitas saudades e que se eu não pudesse ir até Campo Bom, ela e meu pai viriam a São Paulo para me encontrar. Fiquei desesperada com aquela possibilidade. Eles morreriam de desgosto quando chegassem. Não sabia o que fazer, Saulo estava no banho, então aguardei que terminasse para que pudéssemos conversar, e me coloquei a andar de um lado para outro, apavorada.

— Ei, o que foi? — Apareceu na sala de cabelos molhados, usando camiseta, bermuda e chinelos. — Por que está tão aflita assim?

— Meus pais querem vir para cá. — Arregalei os olhos e esfreguei o peito, que começou a arder e a me sufocar.

— Calma, Mari. — Caminhou até mim e me envolveu em seus braços, beijando o topo de minha cabeça.

— Até hoje não contei que estou grávida, aguardando o melhor momento, e agora já nem sei mais como dizer. — Comecei a chorar. — Eu não queria ser motivo de desgosto para eles.

— Shhh... Vai dar tudo certo. Vamos contar juntos. Podem até ficar bravos, mas tenho certeza de que acabarão aceitando.

Eu não tinha aquela mesma confiança. Sem conseguir conter as lágrimas que jorravam descontroladas, meu corpo todo começou a chacoalhar com o pranto.

— Não fique assim. Você sempre foi uma filha maravilhosa, seus pais são muito religiosos e não foi Deus mesmo que disse que deveríamos perdoar quantas vezes fossem necessárias?

— Ah, Saulo... — Agarrei-me ainda mais a ele, como quem se segura a uma tábua de salvação. O que seria de mim se não fosse meu amigo?

— Já somos uma família, Mari, muito abençoada, não tenho dúvidas. — Enxugou meu rosto com as mãos e me beijou a testa, olhos, depois as bochechas, fazendo-me sorrir. O carinho me trouxe conforto e me encheu de amor.

Sem pensar em mais nada, encostei meus lábios nos dele, com delicadeza. Saulo pareceu se assustar, pois enrijeceu e paralisou por alguns segundos, no entanto, não me repeliu. Então continuei. Minha língua pediu passagem e ele concedeu. O beijo começou suave, cheio de ternura, consolo, entrega e foi derrubando nossos medos. Logo ganhou intensidade e as mãos aflitas começaram a explorar o corpo um do outro, aquecendo, atiçando.

Ofegante e louca de desejo, segurei na barra da camiseta dele e quando fiz menção de levantá-la, Saulo se afastou um pouco e segurou meus pulsos.

— Tem certeza de que quer isso? — Olhou-me num misto de angústia e luxúria.

— Como nunca tive em relação a qualquer coisa antes. — Minha resposta aliviou seu semblante.

Ele respirou fundo e me soltou, permitindo-me continuar. Retirei a peça de roupa e parei para admirar seu tórax, forte na medida certa. Passeei as mãos por seus músculos, satisfeita por ver a pele arrepiar. Ele ofegou e deixou um gemido rouco e baixo escapulir, o que me excitou ainda mais. Beijei-o novamente com paixão, e, em seguida, livrei-me da minha blusa. Saulo contornou a curva que meus seios formavam e depois passou as mãos por minhas costas para abrir o fecho do sutiã. Quando a *lingerie* caiu, ele me olhou maravilhado, pegou-me no colo e me levou até a cama.

Enquanto eu resfolegava, terminou de me despir e distribuiu beijos do meu queixo até a ponta dos meus pés. Nunca desejei tanto fazer amor com alguém como naquele momento. A cada toque mais ousado, eu me rendia inteira. Eu já era dele, não dava para negar e pela forma como me olhava e sussurrava coisas lindas, entendi que meu amigo também sentia o mesmo que eu, ele também se apaixonara, o que era maravilhoso. Entregamo-nos de corpo e alma, foi perfeito, sublime.

Passamos o restante do sábado na cama, dispostos a descobrirmos mil maneiras de satisfazermos um ao outro. Exaustos, mas felizes, adormecemos nus, suados e abraçados.

Quando o dia clareou, acordei louca de vontade de fazer xixi. Na mesma medida que minha barriga crescia, as vezes que eu precisava ir ao banheiro também aumentavam. Já estava preocupada de imaginar como seria no final da gestação. Aproveitei para tomar banho e decidi fazer uma surpresa para Saulo. Coloquei apenas o robe de cetim, sem nada por baixo, e depois de me certificar de que ele ainda estava em sono profundo, fui até a cozinha.

Escolhi tudo de que ele mais gostava e preparei uma bandeja de café da manhã. Depois peguei o celular e procurei a música que dançamos na noite do meu aniversário. Ela dizia muito do que eu sentia e sempre que a ouvia me recordava dele.

Ao som de *My only one* tocando baixinho, retornei para o quarto com o nosso desjejum.

— Bom dia — falei logo que ele abriu os olhos.

— Não acredito que você fez isso. — Não conseguiu esconder o contentamento ao ver o que eu carregava.

Sentou e eu me acomodei ao seu lado.

— Você é tão perfeita, Mari! — Segurou minha mão e a levou até os lábios, beijando-a com devoção.

— Somos perfeitos juntos. Amei o que aconteceu ontem. — Servi dois copos de suco e entreguei um a ele.

— Não está arrependida? — perguntou, depois de tomar um gole. Arqueando as sobrancelhas, como se, na verdade, sondasse-me e tivesse medo de minha resposta.

— Arrependo-me de não ter enxergado antes o que eu vejo agora.

— Eu sempre fui apaixonado por você — sua declaração me surpreendeu.

Neguei com a cabeça, como se aquilo não fosse possível. Como jamais percebi?

— Estou falando sério. — Acariciou meu rosto e me deu um beijinho suave nos lábios.

— Por que nunca me disse nada?

— Sei lá... Eu era muito tímido, não tinha muitos amigos, sentia medo de contar e você se afastar.

— Isso é muito louco... — Encarava-o, bestificada.

— Acredite Mari, você sempre foi *my only one*, como diz esta música, que parece ter sido escrita para nós dois, por sinal.

Depois daquela declaração linda, o café da manhã precisou esperar um pouco, pois me atirei em cima de Saulo e recomeçamos tudo o que passamos o dia anterior fazendo.

Após enfim comermos, tomamos um banho juntos e resolvemos passear. Fomos dar uma volta no parque Ibirapuera.

— Amanhã terei outra consulta com a ginecologista no fim da tarde — contei, enquanto andávamos de mãos dadas, sem pressa.

— Faço questão de te acompanhar, manda o horário e o endereço. Importa-se de nos encontrarmos lá?

— De jeito nenhum, fica ótimo assim.

Estávamos distraídos, quando uma moça correndo, com fones de ouvidos, trombou em nós.

— Ora, ora, a família feliz! — Lia parou de súbito.

Desde que ela soube a verdade, nunca mais nos falamos, e ver a expressão de ódio em seu rosto me fez desejar desaparecer.

— Então resolveram assumir o romance? — continuou destilando seu veneno.

— Por favor, pare — Saulo pediu, tentando apaziguar.

— Eu sinto muito por tudo que aconteceu. — Encarei-a, com pesar.

— Se tivesse qualquer consideração por mim, jamais teria ido para cama com seu amigo. Minha felicidade te incomodava? Porque não conseguia ter um relacionamento que durasse, decidiu acabar com o nosso, foi isso? — elevou o tom de voz, fora de si.

— Eu não premeditei nada, jamais faria uma coisa dessas — tentei me defender.

— Já chega, vamos embora. — Meu amigo interferiu, segurou firme em minha mão e me puxou para sairmos dali.

Lia nos olhou com nojo, recolocou os fones e continuou a correr.

Fomos embora e, mais uma vez, chorei por toda aquela situação. Por mais que estivesse feliz, não gostava de pensar que causei dor em pessoas que eu tanto prezava. Tínhamos nossas diferenças, contudo, culpava-me por perder aquela amizade. Nem sempre é fácil nos perdoarmos, mas eu precisava pelo menos tentar, para que pudesse de fato seguir em frente.

Capítulo 22

Saulo

Estava nas nuvens depois do final de semana com Mariana. Enfim, consegui falar tudo o que sentia por ela e, pelo visto, era recíproco. Era incrível como nossos corpos se encaixavam tão perfeitamente, em uma sincronia linda que parecia nos completar. Quando fiz amor com Mariana da primeira vez, tudo parecia confuso, mas libertador. Após os dias que passamos juntos de verdade, sem medo, mentiras ou consequências, e depois de poder reviver tudo aquilo sóbrio, o que ficou foi a sensação de que era o certo.

Parei o carro em frente ao estúdio de TV para deixá-la pela manhã. Havia decidido sair mais cedo do trabalho para irmos juntos a uma consulta importante com a ginecologista. Mariana retirou o cinto de segurança e me encarou, mostrando seus dentes alinhados em um sorriso que há muito tempo não a via dar. Quase me belisquei para garantir que não estava sonhando.

— Te encontro mais tarde, então? — perguntou, aproximando sua boca da minha.

— Sem sombra de dúvida.

Ela gargalhou em resposta e colou seus lábios nos meus, dando-me um beijo nada reservado.

— Não é justo você me beijar assim e me deixar logo em seguida... — brinquei quando ela abriu a porta para sair.

— Tem muito mais quando chegarmos em casa.

Levantei as mãos para o céu, brincalhão, como se agradecesse. Ela deu a volta no carro e entrou pelo portão, após mostrar o crachá. Acelerei e segui para o meu trabalho, que parecia muito sem graça longe dela.

Nem no meu melhor dia havia imaginado passar momentos tão intensos. Naquela altura da vida, depois dos trinta, já havia me conformado que Mariana seguiria seu destino sem mim, em determinado instante, e que eu acabaria me casando com Lia ou com qualquer outra que não fosse ela. Já havia aceitado que nosso único caminho era amizade.

Até ficarmos bêbados em sua casa. Até ela aparecer grávida de mim. Do nosso filho. E aí o universo me deu uma rasteira e, ao invés de cair, eu transcendi para um lugar muito melhor. E não queria perder aquilo de forma alguma.

Cheguei à empresa bem mais animado do que o habitual, peguei dois cafés na copa, para mim e para Pedro, antes de ir para nossa sala. Entrei no escritório e ele já estava sentado em sua cadeira, encarando um papel em cima do meu computador.

— Que ótimo dia, não é mesmo? — comentei, sabendo que ele me daria a deixa para contar sobre meu maravilhoso final de semana ao lado da mulher que eu amava.

Entretanto nada aconteceu. Pedro me olhou, apreensivo, e fez uma cara de poucos amigos, o que me deixou preocupado de imediato. Entreguei seu café e fui até minha mesa, onde o papel praticamente berrava em letras garrafais:

— Aviso prévio — li, em voz alta e de súbito senti o chão sumir sob meus pés.

— Eu sinto muito, cara.

— Não acredito. — Trêmulo, joguei-me na cadeira e abri o botão de cima da minha camisa social, tentando aliviar a sensação de sufocamento que me invadiu.

— Quando cheguei, já estava aí.

— Logo agora... que merda! Que droga! — Suspirei, confuso, desolado.

O que eu falaria para Mariana?

— Posso tentar te ajudar, enviando alguns currículos para pessoas que conheço na área, se quiser — Pedro sugeriu, mas tudo o que conseguia pensar era que estava ferrado.

— Obrigado, Pedro. Aceito sim. — Sorri amarelo para ele, que acenou com a cabeça. — Bom, vou lá no RH e volto aqui para pegar minhas coisas e me despedir.

Nem sei dizer como subi até o andar do Recursos Humanos. Tudo parecia tumultuado e, de certa forma... inaceitável. Não era justo. Não naquele momento, depois que me mudei para a casa dela, na parte mais intensa da sua gravidez. Mari já estava sofrendo demais com as críticas de Lia, o comportamento de Inácio e com a provável confusão com os pais, que era um tanto inevitável. Sentia-me frustrado, inútil e incapaz. Como poderia proporcionar o melhor para o nosso filho?

Sabia que, pelo tempo de empresa, receberia um dinheiro bom. Mas o problema não era apenas financeiro. Era tudo o que eu conquistei para chegar onde cheguei. Todas as vezes que não aceitei as críticas do meu pai, sobre minha profissão, minhas decisões... Em como teria que encará-lo e falar que seria pai e que, para completar, ainda estava sem emprego. Conhecendo-o bem, ele não pouparia esforços para me afundar ainda mais.

Assinei os papéis, peguei minhas coisas e me despedi de Pedro, com pesar. Ele era um bom colega de trabalho e eu sabia que seria difícil vê-lo fora dali, já que não morávamos perto e tínhamos uma vida tão diferente.

Atordoado e inconsolável, fui para o apartamento de Mariana, onde passei o dia navegando na internet, procurando vagas de emprego e enviando currículos. No fim da tarde, quando o celular me lembrou da consulta dela com a ginecologista, já havia decidido não falar nada, ao menos por enquanto.

Encontrei Mariana na recepção da clínica. Ela balançava as pernas, inquieta. Quando seus olhos encontraram os meus, pude perceber como respirou aliviada. Gostava de saber que era seu porto seguro, era difícil lidar com a possibilidade de perder esse posto. Forjei no rosto uma confiança que não tinha e a abracei, sentando ao seu lado.

— Está tudo bem? — perguntei, notando sua agitação.

— Sim, é que... não sei... estou nervosa.

— Calma, Mari. Vai ficar tudo bem. — Envolvi-a em meus braços e beijei o topo de sua cabeça, tentando não pensar nas minhas próprias preocupações.

Alguns minutos depois, chamaram seu nome. Com nossos dedos entrelaçados, acompanhei ela até a sala de exames. A médica, uma senhora de cabeços encaracolados, cumprimentou-nos e entregou o roupão hospitalar para que Mariana se trocasse. Perguntei se precisava de ajuda, mas ela negou. Então, fiquei na cadeira ao lado da maca, aguardando, enquanto a médica arrumava os aparelhos.

— Você é...? — perguntou, sem me encarar de verdade.

— O pai. Saulo.

Imaginei que ela pudesse ter visto Inácio com Mariana, já que a médica que fomos quando ela caiu era uma plantonista da emergência. Todavia, ela não esboçou nenhuma reação e não fez nenhum tipo de comentário. Mari retornou e deitou na cama, encerrando o silêncio constrangedor.

— E aí, mamãe? Como estão as coisas? — a médica indagou, puxando a roupa para colocar um gel na barriga dela.

— Estamos bem, eu acho. Não houve mais nenhum incidente e parece que não vai demorar para ele começar a mexer. Tenho sentido umas coisas diferentes... — Sorriu ao dizer.

— Vamos ver como está esse coraçãozinho, ok?

Mariana segurou minha mão e me posicionei para ver a tela a nossa frente. A médica deslizou o aparelho na barriga, o que a fez estremecer e me apertar. Uma imagem borrada, em preto e branco, apareceu, não sabia dizer muito bem o que era nosso filho naquela cena, então, recurvei as sobrancelhas, tentando compreender sem parecer um idiota.

— Olha aí... o bebê de vocês... — Ela apontou, mostrando uma miniatura de gente que fez meus olhos arderem, emocionado. — Está se desenvolvendo bem. Mas ainda não dá para ver o sexo, por causa disso aqui...

Ela mostrou algo na tela e explicou que ele estava virado, com a perninhas fechadas, então não dava para saber se era menina ou menino. Mariana sorriu, as lágrimas dançavam em seu rosto, molhando a roupa. Passei meus dedos sobre sua pele e lhe beijei a bochecha, parando por um minuto e sussurrando em seu ouvido:

— Obrigado por isso.

Ela me encarou e colou a boca em meus lábios, em um beijo rápido. A médica parecia concentrada, olhando algo na tela e ainda movimentando o aparelho na barriga de Mariana.

— Vamos ouvir o coração... — falou, mas não parecia tão animada como antes.

Conseguia ver uma ruga de preocupação em seu rosto, porém, tentei ser o mais otimista possível, para que Mari não percebesse.

Ouvimos as batidas e, quando o som preencheu o ambiente, nós nos emocionamos ainda mais. Era lindo saber que geramos uma vida, que alguém cresceria conosco, fruto do nosso amor. Mesmo que, na época, ele tivesse um formato diferente, sempre foi amor.

A médica não retirava os olhos da tela e engoli em seco, curioso, e ao mesmo tempo com receio de perguntar se tinha alguma coisa fora do normal.

Até que Mariana percebeu e a encarou, franzindo a testa.

— Algo errado, doutora? — questionou, elevando o pescoço para olhar diretamente para ela.

— Só um minuto... estou confirmando uma coisa.

A médica digitou no teclado da máquina e saiu da sala, deixando-nos sozinhos.

— O que houve? O que será que tem de errado com nosso filho? — Mariana indagou, aflita, sentando na maca e prendendo seu olhar ao meu, como se buscasse respostas em meu rosto.

— Não sei, Mari. Não sei...

— A cara dela não parecia boa... — comentou, sussurrando. Seu medo era notável, o que me deixou ainda mais agoniado.

— Não vai ser nada, vamos ficar tranquilos — falei, tentando controlar a onda de insegurança que me invadiu.

Depois de minutos, que pareceram horas, a médica retornou com alguns papéis nas mãos. Tomou seu lugar outra vez e nos encarou, enquanto limpava o gel da barriga de Mari. Pelo seu semblante, sabia que não nos daria uma boa notícia, o que me fez estremecer.

— Mariana, Saulo... vamos lá. O bebê está se desenvolvendo bem, dentro do esperado, porém, percebemos uma alteração no coração. Eu saí para discutir o caso com um colega.

— E o que isso quer dizer? — perguntei, ansioso.

— Ainda vamos fazer mais exames, mas o filho de vocês tem uma cardiopatia, uma má formação no coração chamada CIA, ou comunicação interatrial. Na prática, quer dizer que existe uma passagem entre os dois átrios, que são as câmaras superiores do órgão, que não deveria existir. Isso é até bastante comum e, quando pequena, acaba por se fechar naturalmente, no entanto, neste caso, a abertura é muito grande para se fechar sozinha.

E ela continuou dizendo inúmeros termos técnicos que me fizeram ensurdecer. Não ouvia mais nada, apenas a lembrança do som dos batimentos do nosso filho ecoando na minha cabeça. Parecia tão forte, tão saudável. Só que o mundo estava desmoronando sobre nós.

Mariana segurava o choro, tentando ser forte e se concentrar nas informações que recebia. Nossas mãos continuavam se apertando.

Apreensivos e aturdidos, buscávamos um no outro algo que nem sabíamos o que era. Consolo, esperança...

— E o que a gente precisa fazer? Ele está seguro? — questionou, com a voz rouca, embargada.

— Sim, ele está. Vamos tomar todo o cuidado para que tudo fique bem, para você e para ele. A partir de agora, faremos exames com maior frequência. Só que, infelizmente, tenho que conscientizá-los de que, depois do nascimento, ele pode precisar de uma cirurgia. O procedimento deverá ser feito por cateterismo, que é a forma de abordagem mais segura e habitual. Vou encaminhá-los para uma avaliação conjunta com um cirurgião cardíaco pediátrico, ele poderá dar mais detalhes e esclarecer suas dúvidas.

A palavra cirurgia me fez congelar e estremeci de novo, sentindo as pernas bambearem. Ainda bem que estava sentado, senão eu já teria desabado no chão. Pela primeira vez, desde que tudo começou, eu me vi perdido, sem forças. Era difícil imaginar um ser tão pequenininho em uma sala de cirurgia. A vida dele nem havia começado e já estava sendo complicada.

Depois de todas as recomendações médicas, explicações e marcações de exames, saímos da clínica no automático. Fomos até o estacionamento em silêncio, ainda de mãos dadas, e só nos afastamos para entrarmos no carro.

— Podemos esperar um pouco? Não estou em condições de dirigir — pedi, e ela confirmou com a cabeça.

Uma bomba atrás de outra! Era impossível não pensar. Não bastasse meu emprego, nosso filho corria risco de vida... Apoiei a cabeça no banco e fechei os olhos, ciente de que Mariana também estava fazendo o mesmo.

Deixei as lágrimas escorrerem em meu rosto, coberto de preocupação e medo. Não queria que ele ou ela passasse por aquilo, não queria ver minha amiga e meu amor passar por tanto sofrimento.

— Será... será que foi o tombo? Será que a culpa foi minha? — ela perguntou, quase em um sussurro.

— Shiiu! — A puxei para o meu peito, quase passando por cima do freio de mão do carro. — Não diga isso. Você não tem culpa alguma.

Abracei-a apertado, enquanto ela chorava em meus braços. Não saberia dizer quanto tempo ficamos assim, tentando inutilmente consolar um ao outro, mas foi importante para nós sabermos que, apesar de tudo, estávamos juntos.

— Eu não conseguiria sem você... não... conseguiria... — ela falou, entre soluços.

Segurei seu rosto, aproximando-o do meu.

— Nem eu sem você. Vai ficar tudo bem. Estamos juntos.

Dei um selinho demorado em sua boca, o gosto de nossas lágrimas se misturou.

— Eu te amo, Mari. E sempre estarei aqui para você, para nós. — Segurei uma de suas mãos e levei até a barriga dela.

— Eu também amo você, Saulo. Vocês...

Ela se esforçou para abrir um sorriso e meu peito aqueceu em resposta. Decidi não dar nenhuma outra notícia que pudesse fazê-la ficar ainda mais triste ou preocupada. Tudo na minha vida passou a fazer mais sentido com ela por perto, e seu sorriso era capaz de me fazer esquecer de todos os problemas. Era o suficiente e queria mantê-lo ali, em seu rosto, mesmo sob aquelas circunstâncias. Daríamos um jeito.

Capítulo 23

Mariana

Fiquei desolada ao saber que nosso bebê tinha uma má formação no coração. Não me parecia justo, não conseguia me conformar. Depois daquela consulta, quando chegamos em casa, eu não parava de chorar. Mesmo muito abalado também, Saulo tentou ser otimista e me confortar.

No dia seguinte, fomos ao médico especialista, que confirmou o que a ginecologista já tinha dito, inclusive, a necessidade de intervenção cirúrgica logo após o parto. Ele esclareceu nossas dúvidas e pediu que evitássemos nos preocupar tanto, pois o procedimento era seguro.

Saí de lá desnorteada. Saulo mantinha o pensamento positivo e tentou me amparar de todas as maneiras possíveis, mas já não estava conseguindo sozinho, precisávamos do apoio de nossas famílias. Era chegada a hora de contarmos que teríamos um filho e o que nos aguardava pela frente. Portanto, decidimos viajar para nossa cidade natal no final de semana.

No sábado bem cedo, pegamos um voo direto para Porto Alegre e lá alugamos um carro para irmos até Campo Bom. Seria uma viagem de ida e volta em um dia só, cansativa para uma gestante de vinte semanas, no entanto, necessária naquele momento.

Paramos primeiro na casa dos meus pais. Minha mãe abriu a porta com um sorriso enorme no rosto que se desfez logo que sua atenção se voltou para minha barriga.

— Você está grávida, Mariana? — questionou de olhos arregalados, incrédula, sem nem ao menos me cumprimentar antes.

— Oi, mãe... — minha voz saiu triste, embargada pelo choro iminente. — Como notou, estou sim. Podemos entrar para que eu conte tudo a vocês? — Saulo apertou minha mão, trêmula e fria, com firmeza, passando força e confiança. Era como se dissesse "estou aqui e vai ficar tudo bem", aquilo me encorajou.

Ela se afastou para que pudéssemos passar, com o semblante fechado, meio aérea. Parecia em estado de choque.

Assim que sentamos, meu pai apareceu na sala.

— Filha, que saudade! — Alegre, puxou-me para um abraço carinhoso, só que não demorou para perceber a minha condição. — Você... — Seu olhar percorreu da minha face até meu ventre volumoso e depois fez o caminho de volta. — Como? De quem? — De tão atordoado, ele mal conseguia formular uma frase completa.

— Dona Amélia e seu Olímpio, Mariana está esperando um filho meu — Saulo levantou e disse com firmeza.

Um silêncio incômodo se instalou no pequeno cômodo em que passei toda a minha infância. Tive a sensação que a qualquer momento a bronca chegaria, da mesma forma que acontecia quando fugia de casa para encontrar meus amigos, principalmente Saulo.

O olhar de decepção do meu pai me quebrou. Já minha mãe, parecia que a qualquer momento começaria a espumar de tanta raiva.

— Por que não contaram que estavam namorando? Estão juntos desde quando? Por que esconderam a gravidez? — ela nos bombardeou de perguntas.

— É uma longa história. — Esfreguei o rosto, desanimada.

Em seguida, fiz um breve relato do ocorrido, evitando entrar em detalhes desnecessários. Ninguém precisava saber que tudo aquilo viera de uma noite de bebedeira.

Meu pai permaneceu em silêncio, encarando minha barriga como se fosse um sinal do fim do mundo.

— Pelo amor de Deus, que sandice é essa? — Minha mãe não conseguia se conformar. — Estão vivendo no pecado, é assim que querem criar uma criança?

— Mãe, nós não...

— Vocês precisam se casar — meu pai falou pela primeira vez.

Saulo pigarreou, mexi-me incomodada no sofá, minha roupa de repente passou a pinicar.

Não acreditava naquilo! Eles estavam mesmo falando de casamento quando deveriam oferecer apoio?

— Seu pai tem razão, o melhor a fazer agora é se casarem — minha mãe afirmou, impassível.

— Escutem, não vamos nos casar agora, estamos juntos há pouco tempo e, por mais que a gente se ame, não acho que isso seja prioridade no momento.

— E o que seria prioridade então, minha filha? — mamãe questionou, exasperada.

— A saúde de nosso bebê — disse e comecei a chorar.

Saulo me puxou para si e me envolveu em seus braços, tentando me acalmar. Apaziguador, explicou que nosso filho tinha um problema no coração e contou que teria que ser operado ao nascer. A notícia desarmou um pouco meus pais, contudo, não foi suficiente para pôr fim à animosidade entre nós.

Eles não esboçaram nenhuma reação positiva, mesmo depois de ouvirem sobre a situação grave em que o neto se encontrava. Magoada, triste e desiludida, só conseguia pensar que eles me julgaram tanto que nada mais importava, nem a saúde do bebê.

Eu precisava esfriar a cabeça. Compreendendo minha necessidade, meu amigo me chamou para darmos uma volta. Mesmo mamãe alegando que o almoço estava quase pronto, saímos.

— Você deve estar com fome, né? — ele perguntou ao dar a partida. — Que tal irmos até a padaria da dona Filomena?

— A discussão toda tirou meu apetite, mas preciso mesmo me alimentar, vamos.

Em pouco tempo, paramos de frente a um dos lugares que mais gostávamos de frequentar após as aulas.

A senhora de cabelos grisalhos e face bondosa, ao nos reconhecer, fez questão de nos atender pessoalmente. Perguntou como ia a vida na cidade grande e, notando minha barriga de grávida, nos parabenizou.

Pedimos cuca de goiabada, que comemos acompanhada de canecas de chocolate quente. De lá fomos para o parque Arno Kunz, conhecido como "parcão", um lugar que adorávamos desde pequenos. Demos uma volta e sentamos em um banco de madeira, à sombra de uma árvore frondosa.

— Ei, não fica assim tão chateada com seus pais. — Saulo acariciou meu rosto. — Essa já era uma reação esperada.

— Minha mãe nem me deu um abraço. Fazia meses que não nos encontrávamos, mas só me criticou e depois ainda veio com aquela história absurda de casamento. Como pode?! Eu te amo, viu? Não me entenda mal, só que não acho que seja o momento para nos preocuparmos com isso, nem temos cabeça, com tanta coisa acontecendo.

— Eu também te amo, Mari, muito, e concordo com você, nosso foco agora é nosso filho, faremos o que for preciso para esse gurizinho ou guriazinha ficar bem. E vai ficar, tenho fé em Deus.

Saulo segurou minha mão e entrelaçou nossos dedos. Tudo nele me transmitia calma, contudo já fazia alguns dias que eu estava percebendo sua inquietação.

— Você tem andado muito apreensivo. Está com medo da cirurgia?

— Um pouco. Isso tudo é terrível, mas o que o cardiologista explicou, parece um procedimento seguro e relativamente simples.

— Mais alguma coisa está te afligindo, então? — Beijei a mão dele, ainda pousada em minha face.

— Coisas do trabalho...

Assenti e mudamos o rumo da conversa. Percebi que ele não queria falar sobre o assunto e decidi não forçar a situação. Meu trabalho também me deixava preocupada e irritada às vezes, era compreensível.

Ficamos relembrando de quando morávamos na cidade, das coisas que costumávamos fazer, da época da infância, adolescência, de quando começamos a nos preocupar com que faculdade cursar, os medos, angústias, alegrias, conquistas, a cumplicidade de uma vida inteira juntos.

Por que demorei tanto para perceber que Saulo era o cara perfeito para mim? Encarei-o por um longo instante, refletindo sobre aquilo.

— O que foi? — Fez uma cara engraçada, como se tentasse ler meus pensamentos.

— Estou só te admirando, feliz por estarmos juntos.

— Eu também estou feliz. Desejei tanto que esse dia chegasse... — Suspirou, deixando-me ainda mais encantada ao ouvir suas palavras. — Por falar nisso...

Saulo levantou e olhou em volta, como se procurasse algo. Alguns segundos depois, foi até uma pequena roseira e, furtivamente, pegou uma flor. Sorri com sua expressão marota, era quase como voltar no tempo. Chegou perto de mim outra vez.

— Quer ser minha namorada? — sussurrou o pedido ao meu ouvido e me estendeu a rosa. Foi tão fofo!

— Nem precisava pedir. Eu já sou sua, Saulo. — Abracei-o apertado. — De corpo, alma e coração.

— E eu seu. Sempre fui.

Afastei-me um pouco para olhá-lo. Nossas íris reluziam cumplicidade e esperança. Enfrentaríamos muitas batalhas pela frente, mas juntos éramos mais fortes. Aquela viagem foi necessária e era um alívio estar acompanhada do meu melhor amigo e grande amor.

Capítulo 24

Saulo

A conversa com a família de Mariana foi pior do que eu imaginava. Nós dois saímos de lá frustrados. Depois de uma volta nostálgica tentando amenizar o clima e de reafirmarmos um para o outro nossos sentimentos, ainda retornamos lá para almoçarmos e, por sorte, os ânimos de dona Amélia e seu Olímpio já tinham melhorado um pouco. Por mais que o desgosto e o julgamento fossem visíveis em seus semblantes, pareciam se esforçar para aceitar o ocorrido.

Após a refeição, Mariana deitou para descansar um pouco, enquanto fiquei conversando com meus futuros sogros. Tentei acalmá-los, prometendo que logo que toda aquela fase difícil passasse eu me casaria sim com a filha deles, e fiz questão de reforçar o quanto a amava.

No final do dia, era chegada a hora de encarar os meus pais.

Não estava nervoso para falar sobre o bebê ou sobre meu relacionamento, porque, parte de mim já sabia que tudo aquilo de certa forma era um pouco esperado por eles. O que me angustiava era minha demissão, que queria esconder a qualquer custo, principalmente do meu pai. Bastava todo o nervosismo e apreensão pela cirurgia do nosso filho, não queria incluir mais nenhum assunto naquela pauta. Nem transformar uma conversa amigável em uma bomba de conflitos.

Bati na porta, que estava destrancada, como sempre, e, em seguida, entramos. Antes de sair de São Paulo, liguei para minha mãe avisando que jantaríamos com eles e pedi que convidasse meu irmão e Clara, sua esposa.

— Querido, que bom que chegou! — Minha mãe atravessou a sala e veio até nós. — Oi, Mari. Como vai? — Seus olhos pousaram na barriga de Mariana, mas ela disfarçou e, depois de beijar nossas bochechas, chamou-nos para sentarmos.

— Obrigada, dona Marisa — Mariana agradeceu ao se acomodar.

Fiquei de pé ao seu lado, Diogo veio ao meu encontro e me abraçou. Ao encarar minha mão sobre o ombro de Mari, piscou um dos olhos para mim e foi cumprimentá-la também.

Então meu pai se aproximou. Sua barba estava feita, usava uma camisa polo preta e uma bermuda jeans. Mais magro do que da última vez que o vira e com os cabelos mais grisalhos, ainda assim sua expressão era jovial. Ele falou com Mariana antes de mim, todos pareciam ignorar a gravidez notória, o que me deu a sensação de que a conversa seria bem mais tranquila do que foi com os pais dela.

— Filho... — Ele me deu um toque com a mão e me abraçou de forma rápida, fez sinal para que eu me sentasse também.

— Clara não veio? — Mariana perguntou para meu irmão.

— Ela está de plantão. — Ele levantou os ombros. — Mas fez uma sobremesa maravilhosa e deixou aqui.

— Decidiram vir de última hora, filho? Aconteceu alguma coisa? — minha mãe foi direto ao assunto, sem titubear.

— Sim, Mari e eu temos algumas novidades. Então viemos compartilhar.

Apesar de saber que todo mundo havia percebido de cara qual era a novidade, eles me deixaram contar tudo. Como na casa dela, também omitimos a parte da bebida e falamos apenas o necessário.

— Até que enfim conseguiu conquistar essa mulher! — Diogo bateu palmas e me deu um soco de leve no ombro, implicando. — Só para saber, Mari, ele sempre foi apaixonado por você.

— Diogo... — Balancei a cabeça, envergonhado.

Mesmo que já tivesse falado dos meus sentimentos para Mariana, era constrangedor que o assunto estivesse sendo tratado na frente da minha família inteira.

— Fiquei sabendo, Di! — Ela sorriu e segurou minha mão, apertando-a.

— Que notícia maravilhosa! Quer dizer que seremos avós? — Minha mãe nos abraçou outra vez, passando a mão na barriga da minha namorada. — Viu, Frederico? Vamos abrir um vinho, e traga um suco para minha norinha!

Meu pai sorriu e, pela primeira vez, senti que ele parecia realmente feliz por mim, por minhas escolhas. Ele se afastou com Diogo para pegar o vinho e o suco, mas logo voltaram.

Enchemos as taças e brindamos ao nosso bebê.

Um tempo depois de tanta conversa, Mari contou de forma delicada do problema de saúde do nosso filho. Minha mãe a consolou, dizendo que já havia visto casos assim, e Diogo confirmou, já que Clara era enfermeira pediátrica. Nós nos sentimos mais confortados e esperançosos, o que foi ótimo, mediante às circunstâncias.

Depois do jantar e da sobremesa, ficamos na sala conversando e lembrando dos velhos tempos, com Diogo fazendo questão de implicar comigo a cada instante sobre meu sentimento antigo por Mariana.

— O problema não foi ele demorar para falar, Diogo. Eu que estava cega, procurando isso em outras pessoas... — ela respondeu, em determinado momento.

Senti algo dentro do meu peito esquentar e a abracei, beijando sua testa e pousando uma mão em sua barriga.

— É a primeira vez que Saulo faz algo melhor que você, Diogo. Já está com a Clara há anos e nada de filhos... — Meu pai falou e um silêncio inundou o ambiente.

Sabia que em algum momento ele arrumaria um jeito de me criticar.

Eu não queria responder, porém, era difícil deixá-lo me inferiorizar na frente de minha amada.

— O que você quer dizer com isso, pai? — perguntei e retirei meu braço que estava em volta de Mariana.

— Nada, Saulo. Só que seu irmão sempre faz as melhores escolhas, isso não é novidade. Agora foi a sua vez...

Ele conseguiu piorar a situação. Minha mãe respirou fundo, já sabendo que uma briga seria inevitável. Passei a vida tentando me dar bem com meu pai, tentando melhorar nossa relação, mas era impossível. Desde que me mudara para São Paulo, ele se tornou incapaz de enxergar minhas conquistas. Havia sofrido muito no início, no entanto, Mari sempre me dizia que não valia a pena me martirizar daquele jeito. Nós nunca seríamos capazes de suprir todas as idealizações da nossa família.

— Desculpa me intrometer, mas na verdade, essa é uma afirmação muito injusta, seu Frederico — minha namorada interveio, surpreendendo-me.

— O Saulo sempre fez ótimas escolhas, só não foram as mesmas que Diogo. Isso não quer dizer que elas tenham sido piores.

— Não me leve a mal, minha querida, mas ele poderia ter uma vida muito mais confortável aqui.

Meu irmão revirou os olhos, ele odiava aquele assunto tanto quanto eu.

— Eu estou ótimo em São Paulo — afirmei, ríspido, magoado.

— Você acha que vai ser fácil viver em um apartamento com um bebê? Com vocês dois trabalhando tanto e sem apoio familiar? — Ele me encarou, como se me desafiasse.

— Nós daremos um jeito. Todos os nossos amigos de lá vivem muito bem assim, não será diferente.

— Filho, já passou da hora de você arrumar outro emprego. Seu salário não vai ser o suficiente para dar uma vida confortável para meu neto e Mariana não poderá ficar trabalhando tanto...

Fiquei de pé, de supetão, e minha amada me acompanhou. Ela sabia que havia chegado a hora de irmos embora antes mesmo que eu pudesse dizer qualquer outra coisa. Era um fato que a conversa não terminaria bem.

— Quer saber de uma coisa, papai? — cuspi a pergunta, irritado. — Tenho uma ótima chance de arrumar um trabalho novo agora, já que fala tanto disso. Fui demitido. Estou desempregado, satisfeito? Quem sabe você não sinta orgulho do meu próximo emprego...

Saí pela porta e Mari foi em meu encalço, chamando meu nome. Estava bufando de ódio, sentia meu rosto quente e as pernas trêmulas. Por que as coisas não poderiam ser normais com ele? Por que tinha que se meter onde não era chamado?

Entrei no carro e bati a porta, apoiando a cabeça no volante. Ouvi Mariana entrar no carro e respirar fundo. Ficamos em silêncio por alguns minutos, eu sabia que ela não estava feliz também. Aquele dia havia sido feito para o Saulo decepcionar as pessoas.

— Desculpa, deveria ter contado antes... antes disso — falei sem que ela tivesse se manifestado.

— Deveria mesmo. Quando isso aconteceu? — perguntou, sem me encarar.

— No mesmo dia em que descobrimos o problema do nosso filho. — Suspirei.

Os olhos de Mariana fitavam qualquer coisa do lado de fora do carro. Era notória a decepção em seu rosto.

— O que você faz todos os dias depois de me deixar no trabalho? — indagou, quase como um sussurro.

— Procuro emprego. Tenho enviado currículos, pedido auxílio de alguns colegas. Sei que vou conseguir algo antes do bebê nascer — desabafei.

— Você devia ter me falado, Saulo. Isso é importante.

— Como eu ia te contar, Mari? Nós estamos sofrendo desde aquele dia por saber que nosso filho não está totalmente saudável, como eu poderia despejar mais um problema em você? — questionei, sentindo minhas forças se esvaírem do meu corpo. — Eu estava tentando te proteger, não queria que tivesse mais um estresse.

— *Foda-se*! Somos uma família. Eu deveria saber, independentemente se fosse me estressar ou não — ela devolveu, irritada. — Você mentiu para mim.

— Não... eu só estava esperando o momento certo...

— Era esse o momento certo? Na frente dos seus pais? Tem noção de como me senti? — ela cuspiu as palavras, angustiada, decepcionada.

— Claro que não. Só não suporto mais ver meu pai falando daquele jeito comigo.

Respirei fundo, buscando me acalmar, mesmo que soubesse, através da sua expressão, que já tinha estragado as coisas.

— Não vejo como posso confiar em você se está escondendo coisas tão importantes...

— O que está querendo dizer? — Busquei seus olhos, em vão. Ela me evitou a todo custo.

— Que você quebrou minha confiança, Saulo. Não sei mais como isso pode dar certo.

Mariana encerrou o assunto, colocando o cinto e apoiando a cabeça no banco, de olhos fechados. Senti os meus arderem, mas segurei as lágrimas. Ainda tínhamos um voo marcado e precisávamos chegar ao aeroporto a tempo. Eu me odiava por ter causado tudo aquilo, por ter mentido para ela mesmo que fosse tentando protegê-la.

Liguei o carro e dei a partida, decepcionado comigo mesmo e com a vida. Tudo parecia desmoronar e eu não conseguia encontrar uma luz no fim do túnel. E se Mariana nunca mais confiasse em mim? E se desistisse de nós? Eu suportaria?

Deslizei a mão para segurar a dela, sussurrando mais um pedido de desculpas. Assim que a toquei, ela a retirou, virando-se para a janela e fixando os olhos na paisagem do lado de fora.

Algo no meu peito se estraçalhou por completo. Eu a magoei fazendo a única coisa que nunca existira entre nós: a mentira. Enquanto saía de nossa cidade natal em direção ao aeroporto, uma pergunta pairava em minha cabeça: aquilo seria o suficiente para perdê-la para sempre?

Capítulo 25

Mariana

Fiquei chateada e decepcionada por Saulo ter me escondido que tinha perdido o emprego. Sempre fomos muito honestos um com o outro e, logo quando resolvemos ficar juntos, como um casal, ele não teve coragem de me contar algo tão importante?

A ida a Campo Bom foi exaustiva, tanto física como emocionalmente. Passei a viagem de volta emburrada e, por mais que meu amigo e namorado tenha pedido perdão umas mil vezes e tentado puxar assunto volta e meia, conversei com ele apenas o necessário.

Chegamos a São Paulo de madrugada. Já em nosso apartamento, só tomei um banho e me atirei na cama. Saulo ficou na sala, fazendo sei lá o quê. Provavelmente, evitando-me, cansado de ser maltratado, o que me fez pensar na sua situação. Fiquei arrependida. Não era tão difícil compreender as razões que o levaram a não me dizer que tinha sido demitido, como disse, só tentou me poupar. E ainda tinha aquela forma estranha como o pai sempre o comparou com o irmão, eu sabia como aquilo o machucava. Mesmo que desejasse ir até ele pedi perdão, fui vencida pela exaustão e logo o sono me dominou.

Acordei na manhã seguinte com barulhos vindo da cozinha. Depois de passar no banheiro, fui até lá.

— Bom dia — cumprimentei, observando que estava com uma cara péssima de cansaço e derrota.

Vê-lo daquela forma me partiu o coração, e compreendi que exagerei na minha reação no dia anterior, mais do que eu imaginava. Ele não merecia ser tratado daquele jeito. Saulo era um rapaz maravilhoso e estava precisando de consolo e carinho.

— Desculpa por ontem. — Aproximei-me e o envolvi em meus braços. — Eu entendo seus motivos para não ter contado. E tenho certeza de que logo conseguirá outro emprego. Não ligue para o que escutou na sua casa, você é bom e não precisa provar isso para ninguém, ouviu?

— Não precisa se desculpar, eu sei que errei...

— Bobagem — interrompi, não deixando que ele se martirizasse mais. — Nossos últimos dias não foram fáceis, não é mesmo? — Afaguei seus cabelos e beijei seus lábios com suavidade, em um selinho.

— Mari, prometo que nunca mais vou te esconder nada. Sei que não basta amar alguém, relacionamentos precisam ser fundamentados também em confiança, respeito e honestidade. Eu quero ser o cara que sempre sonhou encontrar.

— Você é. — Nossos olhos marejaram e nos abraçamos mais apertado.

Então, tomei sua boca de novo na minha, com volúpia, daquela vez, e ele retribuiu com intensidade e entrega, acendendo meu corpo inteiro. Sôfregos de desejo, nossos carinhos se tornaram mais ousados. Ele me guiou até o sofá e retirou meu pijama, livrando-se de sua roupa em seguida. Distribuiu beijos por minha pele e quando sua língua habilidosa encontrou minha intimidade, levou-me ao céu. Retribuí, satisfeita por vê-lo tão excitado. Sem deixar que eu fosse até o final, posicionou-me de quatro, de uma forma que ficasse mais confortável, por causa da barriga, e me penetrou. Com movimentos cada vez mais ritmados e fortes, não demorou para que alcançássemos o clímax.

— Eu te amo — sussurrou ao meu ouvido e mordiscou minha orelha. Ofegávamos.

Saiu de dentro de mim, sentou e me puxou para seu colo, acariciando minhas costas.

— Eu também te amo, meu lindo! Você é muito mais do que um dia sonhei encontrar.

Sorrimos cúmplices, apaixonados.

— Agora vamos tomar uma ducha e preparar o café da manhã, porque já estou morrendo de fome. — Levantei e o puxei comigo.

Depois do desjejum, deitamos no sofá para assistir a um filme. De repente, senti uma coisa diferente, que me deixou em alerta.

— Ah, meu Deus! — dei um gritinho de empolgação quando aconteceu de novo e tive certeza do que era.

— O que foi, meu amor? — Saulo me encarou, confuso.

— O bebê mexeu. — Peguei a mão dele e coloquei sobre meu ventre. Ele ficou aguardando, em expectativa, e quando sentiu, ficou tão emocionado que lágrimas molharam sua face.

— Que coisa mais linda — comentou, tão embasbacado quanto eu.

Assenti, muito emocionada e ficamos conversando com nosso filho, dizendo o quanto já o amávamos e que ele ou ela ficaria bem, que faríamos de tudo para isso e seríamos uma família linda e feliz.

Um mês depois do nosso bebê ter mexido pela primeira vez, retornamos à ginecologista para o acompanhamento e, durante a ultrassonografia, de novo, não foi possível ver o sexo. Mesmo assim, ficamos felizes por sabermos que, apesar do probleminha no coração, ele estava se desenvolvendo bem.

Naquele tempo, minha mãe continuou me ligando com a mesma frequência de antes, contudo, era nítido seu desconforto com toda aquela situação, o que me deixava um pouco triste. Esperava que aquilo um dia passasse.

Eu já estava com vinte e quatro semanas, a barriga crescia a olhos vistos, mas ainda me sentia bem disposta para trabalhar. Saulo continuava enviando currículos, atrás de novas oportunidades, às vezes, ficava desanimado, no entanto eu fazia questão de não o deixar se abater.

Em um sábado, resolvemos sair para comprar o enxoval do bebê e coisinhas para terminar a decoração do quarto.

— Amor, já que nosso pequeno não está nos permitindo ver se é menino ou menina, o que acha de deixarmos para saber só quando nascer? — perguntei, logo que chegamos ao shopping.

— Tem certeza? — Ele me olhou com uma cara engraçada, nitidamente surpreso com o que eu disse, conhecendo bem como eu era ansiosa.

— Sim — respondi, tranquila. — Se concordar, é claro.

— Você decide, minha linda! Eu topo tudo o que quiser.

— Então *fechou*. Só vamos saber no dia do parto — afirmei, determinada, fazendo-o sorrir.

— Sendo assim, imagino que vamos escolher roupinhas em tons neutros, né?

— É isso aí. Amarelo, branco, verde-água. Peças unissex. Vamos levar o básico agora, o necessário para os primeiros dias de vida, depois do nascimento, a gente termina de fazer as compras.

Ele concordou e entramos na enorme loja de artigos infantis, que tinha de tudo que pudéssemos imaginar, desde mantas até carrinhos super sofisticados.

— Uau, olha esse! — Saulo parou ao lado de um.

— Estou chocada com o preço. Viu a etiqueta? — Arregalei os olhos, perplexa.

— Como pode custar cinco mil reais? — Ele também ficou abismado.

— Deixa isso aí e vamos olhar outro. — Puxei-o pela mão.

Depois de analisar vários modelos, escolhemos um que atenderia nossas necessidades, já vinha com o bebê conforto e se encaixava no orçamento.

Depois de escolhermos também uma banheira, com suporte elevado, seguimos para o departamento de roupinhas.

— Ai, que fofura! — Mostrei um macacãozinho de leãozinho.

— Eu fico emocionado só de imaginar nosso filho vestido com isso, de segurá-lo em meus braços. Aliás, acho bom a gente fazer aquele curso de prática com recém-nascidos que a sua médica indicou. Eu nunca dei banho em um bebê, nem troquei fraldas, confesso que às vezes fico apavorado só de imaginar.

— Fique calmo que vai dar tudo certo. Dizem que quando nasce um filho, nasce um pai. — Acariciei o rosto dele. — Vamos fazer o curso sim, pelo o que vi no panfleto que ela entregou, tem inclusive um módulo sobre primeiros socorros, para ensinar os pais a lidarem com situações como engasgos, dentre outras, o que acho super importante.

— Já se deu conta de que daqui a poucos meses nossas vidas se transformarão completamente? — Pegou um ursinho de pelúcia que tinha escolhido e me fez um carinho com o bichinho.

— Sim. Isso me assusta um pouco, mas, na verdade, nossas vidas já mudaram, não é mesmo?

Ele assentiu, enlaçou-me pela cintura e me deu um selinho nos lábios.

— Que tipo de mãe acha que vai ser? Daquelas neuróticas que têm medo de tudo e não deixam ninguém nem chegar perto do filho ou daquelas *tranquilonas* que lidam com qualquer situação numa boa? — Sua pergunta me fez rir.

— Espero encontrar um meio-termo entre esses dois extremos. — Mostrei a língua e dei uma piscadela, divertida.

Terminamos nossas compras em um clima delicioso.

Quando voltamos para casa, separei o que precisava lavar e já coloquei na máquina, depois fomos para o quartinho organizar as coisas por lá.

— Já pensou em nomes? — questionei, enquanto organizava os brinquedinhos no armário.

— Se for menino, eu gosto de Gael, Miguel, Rafael — respondeu, reflexivo. — E se for menina, Helena, Laura, sei lá. Tem algum que ache bonito ou queira muito?

— Gostei de Miguel e Laura. Já estou ficando ansiosa, acredita? — Alisei a barriga. — Mamãe está louca para te conhecer — falei para nosso bebê e, então, Saulo se abaixou e também conversou com ele.

Nossa união era linda, e, como eu disse antes, a vida estava mesmo mudada. Desde que soube que seria mãe, transformava-me dia após dia, não só no físico, mas principalmente por dentro, em quem eu era. De repente, tudo passou a ter um significado, e eu que sempre desejei viver um amor verdadeiro, estava certa de que o tinha encontrado em Saulo, que estava ao meu lado para o que desse e viesse, e no filho que eu gerava, tão esperado e já amado por nós.

Capítulo 26

Saulo

Com o passar das semanas e minha própria pressão mental para conseguir um emprego, comecei a realizar uma entrevista atrás da outra. A cada "não" que recebia, minhas forças minavam um pouco, mas desistir não era uma possibilidade. Primeiro, porque tinha um dever a cumprir com minha nova família. Segundo, que não daria o braço a torcer para o meu pai nem em um milhão de anos.

Respirei fundo antes de sair do carro para a última do dia. Mariana ainda estava no trabalho, havíamos combinado de sair para jantar depois do expediente dela. Ela tinha entrado na trigésima segunda semana (que me explicou ser o oitavo mês), e nosso bebê mexia o tempo todo. Era uma delícia experimentar aqueles momentos, sentia como se tivesse nascido para ser pai.

A entrevista seria para uma empresa parecida com a que trabalhei, o que me deixava mais confortável, apesar do cansaço de ter rodado o dia inteiro por São Paulo. Peguei minha pasta com os documentos e currículo, fui até a recepção e me informaram o andar. Para minha surpresa, havia apenas mais duas pessoas aguardando, talvez tivesse mais chance.

Alguns minutos depois, umas dez pessoas já esperavam na mesma sala que eu, o que me fez ficar aflito. Estralei os dedos diversas vezes antes de chamarem meu nome. Enquanto caminhava até o recrutador, implorei ao universo que me desse uma oportunidade. Meu seguro desemprego havia terminado e, a cada dia que passava, eu ficava mais desesperado. Não queria depender de Mariana e muito menos pedir ajuda à minha família naquela altura da vida.

E, para minha surpresa, foi ótimo. Fernando, o responsável por me entrevistar, deixou o clima bem ameno e me fez perguntas específicas. Falamos sobre minha experiência anterior e ele pareceu impressionado com os projetos que realizei. Foram três etapas, mas saí empolgado de lá. E mesmo sabendo que outras pessoas também poderiam ter chances semelhantes, algo dentro de mim se animou.

Já era noite quando Mariana me ligou informando que estava pronta para me encontrar. Ela tinha ficado até mais tarde para adiantar algumas coisas, o que me deu um tempo para tomar banho e me trocar. Busquei minha namorada, melhor amiga e mãe do meu filho. Durante o trajeto até o restaurante, conversamos sobre nossos dias e ela ficou feliz em saber que eu estava otimista outra vez, admitindo que meu pessimismo a estava irritando um pouco.

— Sabe que nunca tive paciência para isso, sempre puxei sua orelha. Não vai ser diferente agora só porque você dorme comigo! — comentou, em tom de brincadeira.

Entreguei o carro para o *vallet* e caminhamos até a mesa que havia reservado mais cedo. O lugar, no centro da cidade, era arejado e elegante. A maior parte das pessoas estavam com roupa de trabalho, como se aquele fosse um ponto de encontro mais sofisticado para um *Happy Hour.*

Fizemos logo nossos pedidos, já que Mariana estava sempre faminta, principalmente depois de entrar no último estágio da gravidez. Ela pediu uma água saborizada, que, segundo ela, dava uma falsa sensação de drinque, e eu pedi uma taça de vinho branco. Alguns minutos depois, ela se aprumou na cadeira e arregalou os olhos, fazendo-me estranhar sua reação.

— O que foi? — perguntei, apreensivo.

— Não vai acreditar em quem está jantando em uma das mesas atrás de você, longe o suficiente para não me ouvir, mas perto o bastante para não conseguir se esconder — ela sussurrou, como se estivesse me contando uma fofoca.

— Não faço a menor ideia... — Sorri, achando graça de sua expressão.

— Inácio e Lia — contou e recurvei as sobrancelhas em resposta.

— Sério? Posso olhar? — questionei, como fazíamos na época da escola sempre que fazíamos algum comentário sobre algum outro aluno.

Ela confirmou com a cabeça e me virei. Lia estava entretida em uma conversa com Inácio a três mesas de distância, usava um vestido preto que, por sinal, eu havia comprado. Ela parecia animada. Inácio continuava com o mesmo porte fino e elegante, usando uma blusa social cor de chumbo que, certamente, era muito cara.

— Como isso foi acontecer? — sussurrei de volta para Mariana, que estava rindo.

— Não faço ideia...

Fiquei feliz por Lia, apesar de tudo. Nunca quis magoá-la ou trair sua confiança, mas o que eu tinha com minha amiga era confuso até para mim mesmo, inexplicável. Ela jamais seria capaz de compreender. Mariana e eu tecemos comentários sobre os dois, ambos contentes por aquela descoberta.

— Tenho um probleminha... — Mari comentou, em determinado momento, depois que o assunto Lia e Inácio já havia se dissipado.

— O quê?

— Quero ir ao banheiro e preciso de ajuda. — Ela sorriu, discreta, apertando o maxilar.

— Não fui contratado para isso... — falei, zombeteiro.

— Você não viu nada ainda — ela respondeu e a ajudei a se levantar.

Ela estava usando um macacão azul marinho e o zíper era nas costas. Havia trocado de roupa antes de sair do trabalho e disse que não pensou na possibilidade da bexiga dela não suportar as horas no restaurante, o que me fez gargalhar.

Caminhamos até o corredor onde ficava os banheiros e, disfarçadamente, abri seu zíper antes que ela entrasse no feminino. Apoiei-me na parede do lado de fora, aguardando que ela voltasse. Alguns minutos depois, um rosto conhecido se aproximou.

— Saulo... — Lia falou meu nome, mas não em tom de surpresa.

— Oi, Lia. Como você está? — perguntei, por educação.

O único pensamento latente naquele momento era que ela poderia causar algum tipo de escândalo e estragar a noite de todos nós, visto que nosso último encontro no parque não havia sido nada fácil.

— Estou ótima. Pelo visto, vocês também... — comentou, apontando a cabeça para a porta do banheiro. Óbvio que ela sabia que Mariana estava lá dentro.

— Estamos sim...

— Amor, pode abrir... — minha namorada sussurrou de dentro e meu rosto corou.

Adorava quando ela me chamava de amor. Aquilo demonstrava o quanto nossa relação de amizade fora capaz de evoluir.

Pedi licença a Lia, que não se moveu um centímetro, e abri a porta do banheiro, ajudando Mari com o zíper. Sussurrei em seu ouvido um "*se prepare*" e ela colou um sorriso no rosto assim que retornamos ao corredor.

— Oi, Lia. Que bom te encontrar...

O olhar de Lia desceu até a barriga de Mariana, ela arregalou os olhos, surpresa.

— Nossa, como você está... — começou.

— Grávida? — Mari sorriu, apontando para seu ventre.

— Está linda, Mariana. Tenho que admitir... — Lia deu de ombros e isso me fez repensar minha expectativa. Eu já imaginava um confronto, só que pelo visto, estava errado.

— Você também está linda. Fico feliz que esteja bem. — Minha amada conseguia manter aquela conversa muito melhor que eu, o que só me fazia admirá-la ainda mais.

Eu estava apenas afundado em uma onda de constrangimento e confusão.

— Quero que saibam que nunca desejei nada de ruim a vocês. Naquela época, só estava magoada, chateada.

— Com todo o direito... — complementei.

— No fundo, sempre soube que o que tinham era algo além. Só fui cega demais para enxergar — ela concluiu, com um sorriso complacente nos lábios.

— Eu também estava cega, Lia. Isso não justifica o que fizemos com você e com Inácio. Fico feliz em saber que se reencontraram na vida e que estão bem.

Ela balançou a cabeça, confirmando.

— Reencontramo-nos naquela mesma boate que fomos, lembram-se? — Mari assentiu, eu continuei congelado. — Acabamos conversando e estamos saindo de verdade há algumas semanas. O trabalho dele ocupa muito tempo...

Lia revirou os olhos.

— Bom, vou deixar vocês voltarem para o jantar... — falou, suspirando. — Posso?

Lia estendeu os braços para Mariana, que correspondeu ao gesto e a abraçou. Quase pude respirar aliviado ao ver aquilo acontecer. Ficava feliz que tudo, enfim, tivesse se acertado.

Achei que ela me ignoraria, no entanto, fez o mesmo comigo, de uma forma bem mais sucinta do que com Mari.

— Parabéns pelo bebê. Tenho certeza de que vão fazer um bom trabalho. — Piscou um dos olhos e entrou no banheiro, deixando-nos completamente surpresos naquele corredor.

Demos as mãos para retornarmos ao salão do restaurante e notamos que nossos pedidos haviam sido entregues. Antes de chegarmos à mesa, Inácio fez um aceno com uma das mãos e deu um sorriso sem graça, mas que parecia demonstrar que estava tudo bem.

Muito mais aliviados do que quando chegamos, apreciamos o jantar devagar. Rimos juntos, falamos sobre nossos planos e o clima perfeito parecia nos envolver. Minha namorada estava deslumbrante, era incrível como a gravidez a deixara ainda mais bonita. Depois de toda a angústia dos últimos dias, o estresse com a falta de emprego, consegui finalmente relaxar ao lado da mulher que amava.

Chegamos em casa e Mariana se jogou no sofá, esticando as pernas para que eu a ajudasse a retirar as sandálias. Seus pés já estavam inchados, portanto, massageei-os por alguns minutos antes de qualquer outra coisa.

A áurea de felicidade ainda persistia e me aprumei ao seu lado, encaixando-me atrás dela. Minha barba arrastou em seu pescoço e vi seus pelos se arrepiarem em resposta. Beijei sua nunca e ela se virou para mim, com uma expressão safada no rosto.

— Você sabe que fazendo isso com todos esses hormônios no meu corpo, não paro nem para pensar no tamanho da minha barriga, não sabe? — sussurrou.

Sua voz rouca me atiçou. Toda vez que beijava seus lábios quentes, que me colocava dentro dela, parecia sempre ser a primeira vez. Ela mexia comigo em cada toque, cada carinho, e eu ficava surpreso por aquilo ainda acontecer mesmo depois de alguns meses.

Deslizei uma das mãos sobre suas costas, abrindo seu zíper e provocando-a. Ela mordeu a boca e me arrastou para mais perto ao sentir o toque quente em seu corpo. Retirei o fecho do sutiã e puxei seu macacão pela frente, deixando os seios à mostra. Mordisquei seus lábios, queixo e fui descendo até ouvi-la gemer de prazer com o contato.

Meu celular vibrou no bolso da frente da minha calça jeans e ela conseguiu pegá-lo dentro dele, enquanto procurava por outra coisa. Estava completamente excitado e a queria mais do que tudo naquele momento. Mari encaixou as mãos em meus cabelos e puxou minha cabeça de forma gentil, para que eu pudesse encará-la.

— Amor, chegou um e-mail da empresa que você fez entrevista... — falou, com o rosto focado na tela do aparelho.

— Sério? Pode abrir... — falei, voltando minha atenção para o seu corpo.

Percebi que ela tentava se concentrar para ler a mensagem, mesmo que eu estivesse me esforçando para distraí-la.

— Saulo, meu Deus. Você conseguiu o emprego! — exclamou, empolgada.

Daquela vez, realmente levantei para ver do que ela falava e peguei o celular, lendo o e-mail.

Fiquei em pé, de supetão, e abri a boca para tentar falar algo, em vão. Nada saiu. Mariana me acompanhou, com mais dificuldade pelo peso em sua barriga, e deixou o macacão cair por completo no chão, ficando só de calcinha.

Beijou minha boca, animada. Parabenizou-me diversas vezes antes que eu a pegasse no colo, a levasse para nossa cama e passasse o resto da noite comemorando da melhor forma possível.

Capítulo 27

Mariana

As últimas semanas de gravidez passaram rápido, o que foi um verdadeiro alívio, pois, no final, minha barriga ficou tão grande que eu já não conseguia trabalhar, dormir direito e nem encontrava posição para ficar que me deixasse confortável. Quinze dias antes da data marcada para a cesariana, retornamos ao cirurgião cardíaco pediátrico que repetiu vários exames e, mais uma vez, tentou nos tranquilizar. Todas as noites eu rezava e implorava a Deus para que protegesse nosso filho e que tudo corresse dentro do esperado.

Com a proximidade do parto, nossas famílias ligavam com maior frequência e, por mais que ainda não estivéssemos bem como antes, era nítida a preocupação de todos, o que, de certa forma, já me confortava e me enchia de esperanças de que voltaríamos a ter um bom relacionamento.

No dia anterior à data marcada, nossos pais chegaram a São Paulo e se hospedaram em um hotel bem próximo ao apartamento. Jantamos todos juntos naquela noite.

— Está tendo contrações, filha? — mamãe perguntou quando, ofegante, recostei na cadeira, tentando me ajeitar e passei a mão sobre a barriga.

— Só aquelas de treinamento. Está é difícil demais para respirar. — Sorri, apesar do desconforto.

— Imagino, ainda me lembro bem do finalzinho da gestação. A coisa que eu mais queria era entrar logo em trabalho de parto.

— Vocês são guerreiras! — meu sogro se pronunciou.

— Se dependesse de nós homens, era bem capaz da espécie humana já ter sido extinta — papai comentou, brincalhão e todos rimos, concordando.

— A que horas terá que chegar ao hospital amanhã? — dona Marisa, a mãe de Saulo, questionou.

— Às sete. A cesariana está marcada para as oito e a equipe de cirurgiões que receberá nosso pequeno também já estará a postos na sala ao lado. Estou um pouco nervosa.

— Vai dar tudo certo, meu amor. — Meu namorado, que estava sentado ao meu lado, colocou a mão sobre a minha.

— Vocês realmente ainda não sabem o sexo do bebê? — minha sogra perguntou, com uma cara engraçada, como se não se conformasse com nossa decisão.

— Não — eu e Saulo respondemos juntos, sorridentes.

Terminamos a refeição em um clima agradável. Meus sogros foram embora mais cedo e, quando meus pais decidiram ir também, mamãe me deu um abraço apertado, chorou e pediu perdão pela forma como me tratou nos últimos meses.

— Está tudo certo. — Afaguei o cabelo dela, muito feliz por seu pedido.

— Tudo que eu quero nessa vida é o seu bem, minha filha, o seu e de toda nossa família, incluindo o do meu netinho ou netinha. Muitas vezes, a gente erra ao tentar fazer o melhor, vai lembrar do que estou te dizendo depois que sua criança nascer. Deixei minhas convicções e preconceitos falarem mais alto do que a sensatez. Arrependo-me demais pela forma que te recebi lá em casa. Você foi em busca de compreensão e só encontrou hostilidade e julgamentos, me perdoe.

— Está perdoada, mãezinha. Não se martirize mais por isso, está bem? Já passou.

Papai se juntou a nós e também se desculpou comigo e com Saulo.

Naquela noite, apesar de toda a angústia com a cirurgia do nosso bebê, adormeci com a alma mais leve, enfim, as coisas pareciam se normalizar.

Acordei muito antes do necessário, ansiosa. Saulo, apesar de tentar me acalmar, também não estava conseguindo esconder sua agitação. Como eu tinha que ficar de jejum, apenas tomei um banho e conferi minha bolsa e a do bebê. Chegamos ao hospital antes das sete e nos encontramos com nossa família na sala de espera, pelo jeito, todos madrugamos naquela manhã.

Eles me abraçaram, desejando que tudo corresse bem. Aflita, eu mal conseguia respirar.

Assim que troquei a roupa pela veste hospitalar e fui levada para o centro cirúrgico, o anestesista, com quem eu tinha feito uma consulta prévia, aproximou-se de mim. Ele explicou que eu ficaria acordada e pediu para que me sentasse para fazer a anestesia nas costas. Apesar de ter visto de relance o tamanho da agulha, o que me apavorou um pouco mais, não senti nada além de uma picadinha. Então, eles me deitaram de novo e me monitoraram. Logo Saulo pôde entrar para ficar comigo.

— Vai dar tudo certo, meu amor. — Segurou firme em minha mão gelada e trêmula. Aquela frase já havia se tornado praticamente um mantra para nós.

Respirei fundo, tentando me acalmar.

— Pronta para conhecer seu bebê, Mariana? — doutora Janice perguntou, alegre.

— Estou sim.

— Já estamos todos preparados para começar, querida. Assim que eu retirá-lo, o pediatra o recepcionará e, após examiná-lo, deixaremos que o veja rapidinho. E depois será levado para a sala ao lado, conforme conversamos antes.

— Tudo bem. — Tentei demonstrar uma confiança que na verdade não tinha. Era muito difícil controlar o medo.

Tudo aconteceu muito rápido. Em poucos minutos escutei um choro agudo e forte, que fez as lágrimas que eu tentava segurar escorrerem descontroladas por minha face. Meu coração palpitou agitado no peito, busquei por nosso filho com os olhos, mas levou alguns segundos antes da médica se aproximar.

— É um menino! — minha ginecologista e obstetra contou, animada.

— Nosso guri. — Saulo beijou meu rosto e começou a chorar também, muito emocionado.

Quando colocaram meu filho sobre meu peito, um sentimento belo, enorme e profundo me invadiu. Nenhum outro momento na minha vida parecia fazer mais sentido, tudo se resumia a tê-lo em meus braços, a sentir seu cheirinho e ouvir seu choro infantil. Eu amava tudo o que havia construído, no entanto, o que me dominou assim que o vi era inenarrável. *Meu filho. Meu lindo filho.*

— Ah, meu amor. Você é tão lindo! — Dei um beijinho nele e Saulo fez o mesmo. — Como que nos reconhecendo, ele se acalmou. — Mamãe e papai estão aqui, você vai ficar bem e logo iremos para casa.

Passei a vida sonhando viver um amor verdadeiro e era maravilhoso constatar que meu pedido tinha se tornado real.

— Já vamos levá-lo. — O pediatra, que me auxiliava a segurá-lo, pegou-o e, com uma angústia enorme esmagando meu peito, o vi deixar a sala. Ele levava minha joia mais preciosa, um pedacinho de mim.

Fechei as pálpebras e fiz uma prece a Deus para que o protegesse.

Sempre desejei ter a minha família, mas, há menos de um ano, nem passava pela minha cabeça ser mãe tão cedo. Não que fosse de fato cedo, pois, aos trinta, meu relógio biológico já começava a me alertar. É que eu ainda não tinha tido um relacionamento bom e estável, então, era difícil imaginar que fosse acontecer tão rápido. Jamais pensei que meu melhor amigo seria também meu grande amor e que me daria um filho. Muito menos que meu bebê teria que passar por uma cirurgia após o nascimento. A vida mudou drasticamente em um curto período de tempo. Ainda estava me adaptando, as coisas aos poucos entravam nos eixos. E, naquele momento, a única coisa que me importava de verdade era o que estava acontecendo na sala ao lado. Meu pequeno guerreiro enfrentava sua primeira batalha e, por mais que aquilo me aterrorizasse, com toda minha fé e esperança, só queria que ele saísse vencedor.

Capítulo 28

Saulo

Assim que pediram para eu me retirar, obedeci, mesmo lamentando por ter que deixar Mari, que estava muito angustiada com a cirurgia do nosso filho. Logo que saí, informei às nossas famílias que tudo correu bem e que o nosso menino já estava na sala ao lado sendo submetido ao procedimento. Notando que eu precisava de um momento sozinho, eles aguardaram na recepção e eu fui esperar Mariana no quarto, já que o acesso lá estava liberado para mim.

Quanta coisa passou pela minha cabeça! Fiquei apreensivo de algo dar errado, tanto com nosso bebê quanto com ela, mas vê-lo chorar forte ao nascer me deixou emocionado e esperançoso de que tudo terminaria bem e, enfim, ficaríamos juntos. Nossa família estava completa e acreditava que nosso pequeno guerreiro se recuperaria e em breve estaria em nossos braços.

Andei de um lado para o outro no quarto por minutos que pareceram horas. Quando a porta se abriu e a maca com Mariana foi arrastada até a colocarem na cama hospitalar, parte de mim respirou aliviado. A outra parte continuava tensa pelo meu pequeno.

— Como você está? — perguntei, assim que nos deixaram à sós.

— Por enquanto, não sinto nada. Disseram para eu ficar quietinha, por agora, até me recuperar bem da anestesia. Depois, terei que caminhar, para evitar gases... — explicou, fazendo uma careta. — Alguma notícia do nosso filho?

Balancei a cabeça negativamente. Haviam informado que nos avisariam quando ele já estivesse na UTI, que não poderíamos ficar com ele, mas daria ao menos para visitá-lo até que tudo estivesse estabilizado.

Beijei a mão de Mari e entrelacei meus dedos nos dela, tentando buscar um conforto e, ainda assim, poder confortá-la também.

— Acha que vai dar tudo certo? — ela interrompeu o silêncio.

Fiz um sinal para que evitasse falar. Ela revirou os olhos, colocando um sorriso tímido e inseguro nos lábios.

— Tenho certeza de que vai. Logo ele estará conosco, no quarto que arrumamos com tanto amor... — respondi.

— Viu como ele era lindo? — comentou, deixando uma lágrima escapulir.

Passei os dedos em seu rosto e beijei sua testa.

— Igual a você... — Ajeitei seus cabelos, delicadamente.

Apoiei-me na cama ao seu lado e fiquei lhe fazendo um carinho. Muita coisa se passava na minha mente, porém queria encontrar algo para dizer que pudesse nos distrair das horas que se arrastavam no relógio.

Quando fomos interrompidos por uma enfermeira, ambos arregalamos os olhos, esperando alguma notícia, mas ela havia apenas ido colocar a medicação para dor no soro de Mariana. Decepcionados e ansiosos, suspiramos.

Esforçamo-nos para manter o pensamento otimista e a ansiedade longe, mesmo que em alguns momentos fosse em vão.

— Qual nome escolheremos? — Mari perguntou com suavidade, aliviando com clima de tensão.

— Dos que a gente separou, gosto de Gael e Rafael — tentei me lembrar.

— Difícil, né?

— Acho que temos alguma atração com nomes que terminam com EL — brinquei, zombeteiro.

Mariana mostrou a língua, debochando da minha observação.

— Gael é lindo! — falou, emocionada, com ar sonhador.

— Concordo.

Beijei sua boca, que estava seca devido aos remédios, mas nenhum de nós parecia se importar. Só queríamos ficar juntos. O mais rápido que fosse possível.

— Nosso Gael! — sussurrei em seu ouvido, de olhos fechados.

A cada barulho que surgia no corredor, esgueirava-me para tentar saber de alguma notícia, em vão.

Dona Amélia apareceu em determinado momento e aproveitei a deixa. Não aguentava mais aquela angústia.

— Amor, vou ver se encontro alguém, ok?

Ela confirmou com a cabeça e sua mãe aproximou da cama para ajeitar seu travesseiro. Mari estava tão afundada quanto eu no desespero e, ainda por cima, com todo o incômodo do pós-cirúrgico.

Saí do quarto em busca de alguma informação sobre o estado do nosso filho. E, assim que cheguei na sala de espera, só meu pai permanecia sentado, aguardando.

— Está tudo bem? — perguntou quando seus olhos fitaram os meus.

— Cadê minha mãe? — Ignorei, observando que ele realmente era o único da nossa família ali.

— Ah, ela foi sacar um dinheiro no banco e seu sogro foi comer na lanchonete. Fiquei aqui esperando que alguém aparecesse.

Ele levantou e se aproximou de mim, colocando um dos braços em meu ombro e me puxando para mais perto.

— Tudo certo com Mariana? — questionou e nos sentamos nas cadeiras frias da recepção.

— Sim, só preocupada, como eu. Vim ver se acho alguém da equipe para saber sobre o Gael.

Meu pai estatelou os olhos, surpreso, feliz. Ainda não havíamos contado para ninguém sobre o nome escolhido.

— Belo nome. Tenho certeza que será um menino incrível e esperto!

— E que fará escolhas melhores que as minhas, não é? — comentei, já antecipando uma possível crítica que, em algum momento, sabia que viria.

— Por que está falando isso? — Ele arqueou as sobrancelhas, encarando-me.

— Para, pai. Eu sei que não concorda com nada que eu faço. Ter um filho significa que tenho que dar exemplo, que tenho que fazer escolhas não apenas por mim, mas por ele também. Você nunca aprovou as minhas — afirmei, decepcionado.

— Filho, eu só me preocupo com você.

— E isso quer dizer que nada que eu faço é bom o suficiente?

— Não tem nada a ver com isso. E eu não tenho que concordar com tudo o que você faz, só deixo isso claro para te fazer refletir. Só isso — completou, apoiando os braços nos joelhos, encarando o chão.

— Não é o que parece.

Era inevitável não pensar em todas as críticas que ele fazia mediante às decisões que já havia tomado na vida, as piadinhas de mau gosto, a insegurança que me proporcionava sempre que buscava um auxílio, um direcionamento. Ele era meu pai, eu deveria poder contar com ele, não apenas me fazer questionar todas as escolhas sempre que o procurava.

— Eu bem sei que não tenho facilidade de demonstrar meus sentimentos, sua mãe fala isso mais vezes do que gosto de admitir. Talvez eu não tenha conseguido me expressar bem em todos esses anos, mas tudo o que fiz foi tentando ser um bom pai para você e seu irmão. Queria estar por perto sempre que precisassem. — Suspirou, dando uma pausa antes de continuar. — Só que agora, vendo você aqui, passando por todos esses momentos, sozinho com Mariana, acho que o subestimei. Deveria ter o apoiado mais, Saulo, sei disso. Você é bem mais forte do que eu, do que seu irmão. Talvez, o método que utilizei para ajudar nisso não tenha sido o melhor, porém funcionou de alguma forma.

Meu pai sorriu, complacente, e deu dois tapinhas em meu ombro, nitidamente emocionado. Só então pude entender do que ele falava. Apesar do sofrimento que a ausência do apoio dele me causou em diversos momentos, sentia-me forte para enfrentar qualquer coisa. Era como se tivesse sido treinado para superar situações difíceis, já que cada escolha que fiz na vida desencadeou um momento complicado.

Talvez, quando meu filho crescesse, eu conseguisse mesclar as duas coisas, sem pender apenas para um lado, como meu pai. O que não anulava o fato dele ter se esforçado para me dar o melhor, para que eu ficasse bem, a seu jeito, que para muitos não era o mais adequado, nem para mim.

— Acho que vou aprender muita coisa daqui para frente... — comentei, pensativo.

Ele recostou na cadeira, fechando os olhos.

— Você ainda vai aprender muito com a vida, guri. Nós vamos.

Meu pai estendeu uma das mãos para mim e me puxou para um abraço. Deixei uma lágrima escapulir quando apoiei a cabeça em seus braços, permitindo ao nervosismo se esvair um pouco.

— Se você e Mariana precisarem de ajuda financeira agora no início, quando o Gael for para casa, saiba que pode contar comigo. Prometo não fazer nenhum comentário sobre seu trabalho ou sobre São Paulo que, por sinal, continuo detestando. Como as pessoas conseguem viver em meio a tanto trânsito e barulho? — Cruzou os dedos assim que nos afastamos.

Sorri com sua atitude. Fiquei feliz por saber que ele já conseguia aceitar melhor as coisas, e eu também.

— Obrigado, pai. Mas está tudo tranquilo. Consegui um emprego há algumas semanas, com um cargo maior do que o que eu tinha. Está me fazendo muito bem.

Ele levantou as sobrancelhas, surpreso e feliz com a notícia.

— Viu, no fundo eu sabia que você daria conta — falou e levantou, de supetão. — Vamos procurar notícias sobre meu neto, o mais novo membro da nossa família?

— É tudo o que mais preciso agora — respondi e o acompanhei.

Enquanto caminhava ao lado do meu pai, atrás da equipe médica para saber sobre meu filho, tive a certeza de que daria tudo de mim para ser o melhor pai que Gael poderia ter. Faria disso o próximo passo da minha vida, que daria devagar e sempre, todos os dias, mesmo nos momentos difíceis e conturbados, que certamente chegariam. E, por fim, compreender aquilo me acalmou um pouco, mesmo que as pernas tivessem tremido quando avistei a médica da Mariana no corredor, conversando com o cirurgião cardíaco pediátrico.

— Temos uma boa notícia. O procedimento foi um sucesso e o bebê de vocês ficará bem. Vamos contar para a mamãe?

É, tudo dará certo. Minha vida está mesmo completa. Suspirei com o pensamento.

Capítulo 29

Mariana

Quando Saulo retornou ao quarto acompanhado da doutora Janice e do médico que operou nosso filho, meu coração disparou, a ponto de eu ter uma vertigem. Precisei fechar os olhos e respirar fundo. Notando meu nervosismo, minha mãe, que estava ao meu lado, apertou minha mão, passando força e confiança.

— Como foi? Como nosso pequeno está? — questionei assim que abri os olhos.

— O procedimento foi um sucesso, Mariana — o cirurgião falou, com um sorriso de satisfação que iluminou seu rosto e me trouxe alívio imediato.

— Graças a Deus! — eu e mamãe dissemos ao mesmo tempo.

— Ele foi levado para a UTI neonatal, conforme já havíamos conversado.

— Quantos dias precisará ficar lá? — perguntei, louca para poder pegar meu bebezinho lindo no colo.

— Em torno de cinco dias, mas poderão visitá-lo amanhã.

— Eu poderei amamentar?

— Por enquanto não, porque seria um esforço grande para ele. Pedirei a uma enfermeira que venha te ajudar a retirar o leite e, logo que ele estiver bem *acordadinho*, o alimentaremos com ele e, se necessário, com complemento.

— Então ele não vai precisar ficar intubado? — Saulo perguntou, animado.

— Não. Deixaremos um suporte de oxigênio e ele ficará em monitoramento, mas não será preciso ventilação mecânica.

— Que notícia maravilhosa! — comentei, em meio a lágrimas de emoção, de felicidade.

— Bem, eu já vou, a doutora Janice vai examiná-la agora. Amanhã nos falamos de novo e, qualquer dúvida, podem entrar em contato com a equipe de enfermagem, que, se necessário, eles me localizarão.

Agradecemos e ele se retirou.

Então, minha médica se aproximou, conferiu meus sinais vitais, a quantidade do sangramento no absorvente hospitalar, que mais parecia uma fralda, e apalpou minha barriga.

— Está tudo certo, querida. O útero já diminuiu bem de tamanho e o sangramento está dentro do esperado. A quantidade será maior hoje e amanhã, depois deve ficar como se fosse uma menstruação. Sente dor?

— Não. Só um desconforto mesmo.

— É importante que daqui a algumas horas se levante e caminhe um pouco pelo corredor, como eu tinha falado antes, sempre amparada por alguém, ok? Isso estimulará seu intestino a funcionar e vai diminuir o acúmulo de gases. Está bem?

Olhou de mim para Saulo e assentimos.

— Ficará em observação por quarenta e oito horas, correndo tudo dentro do esperado, receberá alta depois de amanhã.

— Ah, não. Não quero ir embora sem meu bebê — reclamei, desolada, ao constatar que depois que eu saísse ele ainda ficaria internado por mais três dias.

— Fique calma, querida. Sei que nenhuma mãe quer passar por isso, mas não posso te manter aqui, pois aumentaria as chances de pegar uma infecção hospitalar.

Meneei a cabeça e respirei fundo.

— Pense pelo lado positivo, tudo está dando certo — ela continuou. — Logo logo poderão curtir bastante o pequeno Gael. Enquanto vínhamos para cá, encontrei Saulo e ele me contou o nome que escolheram, não é mesmo, papai? — Virou-se para ele com um sorriso no rosto. — Muito lindo, parabéns! — retornou sua atenção para mim.

Depois, passou mais algumas orientações, despediu-se e saiu.

— Vou deixar vocês dois a sós, ir atrás de seu pai e aproveitar para fazer um lanche — mamãe falou.

Anuí e ela se retirou.

— Que bom que tudo correu bem com nosso guri, né, meu amor? — Saulo parou ao meu lado e me beijou a testa.

— Sim. — Sorrimos cúmplices e meus olhos marejaram outra vez. — Estou louca para pegá-lo no colo, ele ficou conosco tão rapidinho após o parto que nem deu para aproveitar direito.

— Tem razão, eu também já não vejo a hora de estarmos os três na nossa casa.

Ficamos conversando, fazendo planos, imaginando nossa nova vida e, algum tempo depois, nossos pais retornaram ao quarto.

— Diogo ligou agora, perguntando como estão — o senhor Frederico contou.

— Eu também falei com ele um pouquinho, disse que virão visitá-los assim que estiverem todos em casa — foi a vez de dona Marisa se manifestar.

— Quando poderemos ver nosso netinho? — papai perguntou.

— O médico disse que amanhã eu e Saulo poderemos entrar na UTI. Imagino que deva ter algum lugar lá que dê para vocês ficarem, mesmo que do lado de fora de um vidro, assim poderemos mostrá-lo. Pelo menos nos filmes costuma ser assim.

Eles riram do meu comentário. Todos estavam alegres e aliviados, e o clima de harmonia entre nós era muito acolhedor.

No fim da tarde, uma enfermeira foi me ajudar a tomar banho e a retirar o leite com uma bombinha. Depois de guardar o que consegui coletar em um potinho de vidro, vendo meu desânimo, ela me acalmou, dizendo que era normal para o primeiro dia, e que aos poucos o volume aumentaria, principalmente depois que pudesse colocar Gael no peito. Assim que ela saiu, Saulo me ajudou a levantar e andou comigo pelo corredor. Senti muito desconforto, mas sabia que aquilo era necessário.

Quando o horário de visitas terminou, nossos pais foram embora e ele passou a noite comigo no hospital.

No dia seguinte, meu primeiro pensamento ao acordar foi "hoje verei meu filho". Com o ânimo renovado por aquela ideia, comi todo o café da manhã e pedi para tomar um banho logo cedo.

Quando fomos autorizados a ver nosso pequeno, eu mal conseguia controlar minha ansiedade. Colocamos toucas, proteção nos pés e um avental sobre nossas roupas, no caso, eu fiquei com um sobre o outro, já que era exatamente igual ao que eu vestia.

— Podem vir. — Uma enfermeira da UTI neonatal nos guiou até o lugar em que Gael estava.

Quando nos aproximamos, ela pediu que eu sentasse e o colocou no meu colo. Ele estava dormindo, tão pequenininho, lindo e indefeso.

— Oi, meu amor. Mamãe e papai estão aqui — falei baixinho, fazendo um carinho no rostinho dele.

Saulo se abaixou ao meu lado e deu um beijinho na bochechinha rosada. Gael era bem branquinho e tinha os cabelos loiros e ralos. Para nossa surpresa, ele sorriu e abriu os olhinhos que, apesar de claros, exibiam uma cor ainda indefinida entre cinza, azul e verde.

Ficamos embasbacados com aquele serzinho tão fofo. *Nosso filho!* Se existia felicidade maior que aquela, eu desconhecia.

Um pouco depois, a mesma enfermeira que nos acompanhou disse que poderíamos mostrar Gael para os avós, através de um vidro, como eu tinha imaginado.

Fomos até onde ela orientou e fiquei muito emocionada por ver como os quatro estavam alegres e empolgados com o netinho.

No dia seguinte, recebi alta. Apesar de feliz por tudo ter transcorrido bem, foi muito difícil ir embora sabendo que um pedaço de mim estava ficando ali. Vendo meu estado de desolação, Saulo tentou me confortar. Nos três dias posteriores, ele me levou de volta no horário de visita, para que pudesse ficar ao menos um pouquinho com nosso filho nos braços. Era delicioso sentir seu cheirinho, ver os sorrisos que ele dava ao reconhecer nossas vozes e como se agarrava com firmeza a nossos dedos quando os colocávamos em suas mãozinhas.

A cada dia eu me sentia mais mãe, mais forte, capaz de tudo para protegê-lo. Não existia amor maior do que aquele. Eu amava Saulo, mas o sentimento era diferente e não demorou para eu compreender aquilo. Um casal pode se magoar, decepcionar, existem condições para que o que os une permaneça intocado, para um filho não. Gael era apenas um bebezinho, mesmo assim já tinha certeza de que nada que algum dia fizesse, por mais que eu não concordasse ou que até me chateasse, seria capaz de diminuir o que eu sentia, meu amor por ele era incondicional. Encontrei em Saulo e em meu filho tudo que sempre sonhei.

No dia em que recebi alta, nossos pais foram embora, prometendo que voltariam na semana seguinte; Diogo e Clara também já tinham dito que viriam.

Quando enfim pudemos buscar Gael, fiquei tão emocionada que não conseguia parar de chorar e sorrir.

Naquela tarde, demos o primeiro banho em nosso filho e, pela primeira vez, o coloquei no peito. Como se fosse mesmo a coisa mais natural do mundo, ele abocanhou meu mamilo com vontade, apoiou uma mãozinha no seio e o sugou. Enquanto eu amamentava, as lágrimas não paravam de escorrer. Aquilo foi tão lindo e sublime que só desejava eternizar o momento em minha mente.

Saulo, que nos observava atento, também estava muito emocionado.

— Desse jeito você vai desidratar — ele comentou, brincalhão e sorrimos.

A primeira mamada durou meia hora, foram os trinta minutos de conexão mais íntima que já senti. Depois que Gael arrotou e o colocamos no berço, ainda ficamos parados ao seu lado, olhando-o, admirados.

— Obrigado pela família linda que me deu — agradeci em um sussurro e Saulo beijou minha testa.

Ligamos a babá eletrônica e deixamos o quarto.

Assim que sentamos no sofá, Saulo segurou minha mão e pude notar que a dele tremia.

— Está emocionado? — perguntei, achando aquilo fofo.

— Muito. Nunca imaginei ser tão feliz. Eu te amo, Mari, e agradeço muito pela família linda que me deu.

— Somos perfeitos juntos, né? Nós três...

— Perfeitos! Quero viver o resto da minha vida ao seu lado, minha linda. Aceita se casar comigo? — Acariciou meu rosto.

— É claro que aceito! Vocês são tudo de mais importante que eu tenho e também quero envelhecer ao seu lado. — Puxei-o para um beijo apaixonado.

Eu me sentia plena. Compreendi que a verdadeira felicidade parte primeiro da gente e que o destino, às vezes, é imprevisível, mas que tudo acontece como deve ser. Encontrei o tão sonhado amor profundo em suas distintas formas, amor de mãe e filho e amor de homem e mulher, e sabia que viveria o meu "felizes para sempre". Aquele era só o começo de um futuro maravilhoso. A vida não era um conto de fadas, porém, de fato, era surpreendente, incrível e muito boa!

Epílogo
Um ano depois

SAULO

Eu me sentia nervoso como nunca havia ficado na vida. Minhas mãos trêmulas e minhas pernas inquietas denunciavam minha ansiedade. Encarei-me no espelho, observando o rosto refletido. As olheiras dos primeiros meses com o Gael já tinham ido embora, a barba estava feita do jeito que Mariana gostava. Ajeitei a manga da camisa social, fechando-a com cuidado, para colocar o paletó.

Era o dia do nosso casamento. O clima em Campo Bom estava ameno no outono e, apesar do frio que a noite sempre trazia, o sol estava lindo do lado de fora. Escolhemos nos casar no final do dia, ao pôr do sol, bem na Igreja Central da cidade, onde Mari foi criada. Meus sogros ficaram empolgados com a ideia e nos ajudaram a organizar tudo. Depois da cerimônia minimalista, iríamos para a recepção no sítio do meu irmão, que tinha um espaço enorme, cheio de árvores, dentro da natureza. *Bem diferente de São Paulo*, não pude deixar de pensar.

Uma batida na porta me tirou do devaneio e meu pai entrou no quarto muito bem acompanhado. Ele estava sendo incrível desde que Gael nasceu. Acabamos nos aproximando muito mais do que achei que fosse possível, talvez porque, afinal, tínhamos algo em comum, um filho.

— Olha quem veio te desejar boa sorte... — falou, trazendo Gael até mim.

Meu filho estava lindo, usando um pequeno terninho, combinando com minha roupa. Seus cabelos loiros estavam recém-cortados e seus olhos azuis brilharam ao encontrar os meus.

— Pa-pa-pa... — sua vozinha alegrou meu coração e me segurei para não ficar tão emocionado a ponto de chorar.

Casamentos sempre me deixavam emotivo. Nunca havia passado na minha cabeça, por mais que não faltasse desejo, que o meu seria com Mariana.

— Sua mãe quer saber se você já está pronto. Diogo acabou de chegar para nos buscar. — Papai me observou com cautela.

Peguei Gael no colo e beijei sua testa, apertando-o contra meu peito, sentindo seu cheirinho de loção infantil.

— Pronto eu estou, preparado... já não sei — falei, levantando os ombros.

Papai deu uma gargalhada e bateu em meu braço.

— Nós nunca estaremos totalmente preparados, guri! Está tudo aí? — Ele apontou para o paletó apoiado na cadeira. — As alianças... seus votos... Melhor não esquecer, por experiência própria.

Sorri em resposta.

— Está sim, pode confirmar.

Ele confirmou, por precaução, e então seguimos até o carro, para a carona de Diogo. Clara, que estava grávida, já nos esperava na igreja. Os dois seriam nossos padrinhos. Fiquei feliz por meu irmão estar participando de forma tão importante daquele momento com minha família.

— Agora irá se amarrar de vez... — brincou ao piscar para mim.

Coloquei Gael no bebê conforto e sentei ao seu lado.

— Acho que sempre estive amarrado — respondi ao meu irmão e seguimos até o local da cerimônia.

Tudo estava arrumado exatamente do jeito que Mariana havia escolhido, simples e delicado, como ela. Encontrei alguns dos nossos convidados na porta, a maioria era família ou amigo de infância, o que deu um ar ainda mais aconchegante e nostálgico ao lugar.

Peguei Gael no colo e, assim que me informaram que Mari já estava aguardando no carro, demos início à cerimônia. Entrei na igreja com Gael no colo, que acabou, com aquele sorriso lindo e meio banguela, sendo o centro das atenções. Assim que me aproximei do padre, o qual me cumprimentou com um aceno de cabeça discreto, entreguei meu filho à minha mãe, que tomaria conta dele até que tudo acabasse.

A lua de mel para Paris ainda era uma surpresa para Mariana. Pedi que ela deixasse tudo arrumado, pois nós três faríamos uma viagem internacional.

Foi a única dica que dei. Sabia que ela estava se corroendo de curiosidade, mas consegui guardar o segredo que só contaria depois, na festa.

Todo mundo esperava ansioso pela noiva. Eu estava vidrado na porta, aguardando o momento em que ela passaria por lá. Estralei os dedos e balancei o pescoço com a espera e, quando o som do violino na marcha nupcial tocou, foi impossível segurar a emoção.

A porta se abriu e Mariana me fitou. O encontro dos ossos olhares e sorrisos dizia tudo. Um filme se passou pela minha cabeça – o dia em que a conheci na escola, nossa adolescência, os anos da faculdade... – não lembrava de nenhum momento importante da minha vida em que não estivesse presente. Ela sempre foi a mulher que escolhi, mesmo que tivesse sido necessário um porre de tequila para me fazer tomar alguma iniciativa. Mari me intimidava, mas não de um jeito ruim. Ela me fazia questionar minhas maiores certezas sem me julgar, e isso era o que mais amava nela. A admiração e o amor sempre andaram juntos.

Enquanto ela cruzava o corredor que nos separava dentro da igreja, tive a certeza de que estávamos dando mais um passo em direção ao resto de nossas vidas, e a felicidade era o caminho.

Mariana

Quando a marcha nupcial começou a ser tocada e a porta da igreja abriu, meus olhos se prenderam ao de Saulo e meu coração retumbou dentro do peito. Muito emocionados, sorrimos e precisei segurar as lágrimas para não estragar toda a maquiagem. Eu me sentia a mulher mais feliz e realizada do mundo.

Ao começar a caminhar, reparei em tudo que pude. Em Gael, tão fofo e lindo, nos braços da avó no altar, em Diogo e Clara, que estava maravilhosa grávida, em nossos familiares e amigos, que observavam tudo encantados. Provavelmente, a maioria deles imaginava que eu e Saulo um dia ficaríamos juntos, achava que só eu demorei a perceber como fomos feitos um para o outro.

Lia e Inácio, que continuavam namorando firme e, inclusive estavam noivos, aceitaram ser meus padrinhos, o que completou minha felicidade. Cerca de um mês após eu dar à luz, minha amiga nos visitou. Foi com surpresa que a recebi, mas também com imensa alegria. Eu sentia sua falta e lamentava muito nosso afastamento. Ela estava leve e radiante com o relacionamento novo e por ter passado no concurso para o qual tanto estudou. Enfim, as coisas na sua vida também estavam entrando nos eixos. Pedimos perdão uma para a outra e, depois daquele dia, passamos a nos falar e vermo-nos com frequência. Era muito bom tê-la de volta em minha vida.

Quando papai me entregou a Saulo, com um enorme sorriso de satisfação, pediu que ele continuasse cuidando de mim, tão bem quanto já fazia. Ele assentiu e me beijou a testa.

— Você está perfeita — falou baixinho.

— Obrigada, meu amor. Você também está incrível.

Entrelaçamos nossos dedos e nos posicionamos de frente para o altar.

A cerimônia foi maravilhosa e nossos votos repletos de palavras de amor e admiração. Prometemos um ao outro nos amarmos, apoiarmos, respeitarmos e zelarmos a família linda que Deus nos deu.

Quando o padre nos declarou casados e disse que Saulo podia beijar a noiva, ele tomou meus lábios nos seus com devoção, ao som de aplausos e gritinhos de empolgação.

Saímos da igreja sob uma chuva de arroz e seguimos até o sítio de Diogo, onde seria a recepção.

O local, repleto de verde, ficou ainda mais bonito com a decoração rústica, as cadeiras e a mesa do bolo de madeira escura e os enfeites de flores do campo, deixando o ambiente colorido e alegre.

Tiramos fotos, dançamos a valsa e depois recebemos os cumprimentos dos convidados.

Já era tarde da noite e a festa ainda seguia animada. Gael não resistiu e adormeceu em um bercinho colocado ao lado da mesa de nossos pais. Quando o DJ mudou o estilo do que tocava e colocou uma música romântica, não demorou para eu reconhecê-la.

— Concede-me esta dança, minha esposa? — Saulo fez uma reverência, exagerada, o que me divertiu.

— Será um prazer. — Dei a mão para ele, que me conduziu até a pista, ao som de *"My only one"*.

— A única pra mim — ele sussurrou ao meu ouvido, aquecendo meu corpo todo.

— "Eu não sei porque, mas toda vez que eu olho nos seus olhos, eu vejo milhares de estrelas cadentes, e sim, eu te amo, mal posso acreditar que toda noite você está ao meu lado" — repeti em português um trecho da música para ele, pois expressava bem como me sentia. Aquela era de fato a nossa canção, como se tivesse sido escrita para nós.

Ele sorriu, emocionado, e fez o mesmo.

— "Vou cuidar de você todas as noites, te amar sem censuras, vou sentir sua falta na tempestade, e ainda que existam mil razões para renunciar, prometo que ficarei aqui até de manhã, e te pegarei quando você estiver caindo, eu vou te tirar do chão e te consertar com meu amor. A única pra mim."

— Eu te amo tanto! — Beijei-o com paixão. — Não vai me contar para onde viajaremos amanhã? — perguntei, assim que nossos lábios se afastaram, erguendo as sobrancelhas, curiosa.

— Nós vamos para Paris. — Deu de ombros, como se não estivesse contando algo extraordinário.

— Jura? — Arregalei os olhos e ele assentiu, sorridente. — Não acreditooo! — Enchi o rosto dele de beijinhos.

— O enlace de um imenso amor merece ser comemorado em grande estilo — proferiu em ar solene e nós dois rimos.

— Você é incrível, perfeito, *my only one*. — Acariciei sua face. — Esperei a vida inteira por alguém que estava bem ao meu lado.

— Sorte minha que me notou, mesmo que eu ainda tenha dúvidas se teria acontecido se não fosse tanta tequila. — Fez uma careta, brincalhão.

— Nem consigo compreender como fui cega por todos aqueles anos.

— Talvez tudo tenha a sua hora certa.

— Acredito que sim. Aconteceu como tinha que ser e sou muito grata pelo novo rumo de nossas vidas.

— Eu também, minha linda. Estarei sempre ao seu lado. Obrigado por me fazer o homem mais feliz do mundo! — Tomou minha boca outra vez na sua com intensidade.

E foi assim que, em meio a declarações de amor e rodeados pelas pessoas mais importantes de nossas vidas, oficializamos nossa união, a qual me deu tudo que sempre sonhei. E dessa forma desejávamos durar até o nosso último abrir e fechar de olhos, quem sabe até por toda uma eternidade.